Immer Freitag.

Wolfgang Gosch
Virgil Guggenberger

Edition Krill

Impressum

Erste Auflage 2010
© bei Edition Krill, Wien.

Immer Freitag, Ausgaben 1 bis 57. Verfasst von Wolfgang Gosch und Virgil Guggenberger. Erschienen zwischen Herbst 2007 und Winter 2008 auf der Internetseite der Edition Krill. ¶ Zwei Ausgaben möchten gesondert Erwähnung finden und verweisen jeweils hierher ins Impressum: Es wurde gefeiert, und es wurde geschlummert. In Ausgabe No. 26 freut sich Edition Krill in den Anfangsbuchstaben des Textes über das einjährige Bestehen des Verlages. Mit No. 57 folgt Edition Krill dem Beispiel der Haselmaus und verabschiedet sich mit einem letzten Freitag für das Jahr in die Winterruhe. Beides ist nun Tradition. ¶ Gut zu wissen überdies, dass *Immer Freitag* denkbar einfach abonniert werden kann und manierlich im Rhythmus der Woche per E-Mail frei Haus zugestellt wird. Augenfreundlich und dabei gänzlich pixelschonend anzumelden (oder auch wöchentlich abzurufen) unter www.editionkrill.at.

Druck: Typo Druck Sares, Wien
Papier: Munken Print Cream mit 1,5-fachem Volumen
Gestaltung: Wolfgang Gosch

Gefördert vom Bundesministerium für Unterricht, Kunst und Kultur (bm:ukk) Österreich.

ISBN 978-3-9502537-3-3

Printed in Austria.

Inhalt.

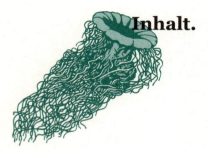

Vorwort: Von Wunderdingen und Freitagen 12

Appendix 1: Ergänzungen 117
Appendix 2: Verzeichnisse 129
Appendix 3: Editoren 137
Appendix 4: Zukünftiges 141

Jeden Freitag ein Kleinod, diesmal ...

No. 1	Wir falten einen Walfisch	15
No. 2	Der gute Ton, 1922	17
No. 3	Famos Niesen!	18
No. 4	Antrieb und Nachfrage (vereinfacht)	20
No. 5	Ein Benehmen wie offene Hose	21
No. 6	aus gegebenem Anlass: Schneeschaufeln, das	22
No. 7	erneut aus gegebenem Anlass: Schneeschaufeln, das	23
No. 8	Kein Federlesen	24
No. 9	etwas zu Jenem	25
No. 10	Was unartigen Bäumen passiert	30
No. 11	Zu Verlangen und dafür erbrachter Leistung	31
No. 12	somnambule Gewächse, die sich im Haupte breitgemacht in gravitätisch verzerrte Landschaften ergossen und den Blick täuschten, zumal sie die Idee von etwas anstießen, das es nicht zu fassen gibt; wonach es sich zu suchen lohnt	34
No. 13	Freitag, der dreizehnte	35
No. 14	Glück im Unglück, Unglück im Glück	36
No. 15	Fortdauer	38
No. 16	Der Schwalbenfisch	39
No. 17	Alter ego	40
No. 18	Lambris, das	42
No. 19	Hippopotomonstrosesquippedaliophobie	43
No. 20	betritt eine junge Dame das Geschäft	44
No. 21	5	45
No. 22	Feststellung über das Semikolon	46
No. 23	...	47
No. 24	Metamorphose	48
No. 25	Angewandte Literaturwissenschaften	51
No. 26	Botanik	55
No. 27	Sie selbst	57
No. 28	Compagnons	59

No.	Title	Page
No. 29	Ungeziefer	61
No. 30	in ehrfurchtsamer Bescheidenheit vor dem Plural: Ein Konfetto	62
No. 31	Word am Wort	63
No. 32	Vervollständigung	65
No. 33	der »Typosprach 3000 vh« in seiner Ausführung als Leicht-Zugmaschine	66
No. 34	Memento	67
No. 35	Die Mechanik von Klappstühlen	68
No. 36	Tribut der Trieste	70
No. 37	Tribut der Trieste II	73
No. 38	»Trage nicht was rollen kann und rolle nicht was fließen kann«	75
No. 39	Empfinden	76
No. 40	ein Topflappen mit Top-Flappen	77
No. 41	Erdung	78
No. 42	aus der Serie »Große Völker dieser Erde«: Der Grönlandwal	79
No. 43	dem niedlichen Wort »erwägen« geschuldet, etwas Konvexes	81
No. 44	Eine Vorlage zur Verdeutlichung der Verhältnisse	82
No. 45	Eroberungen	84
No. 46	Charlie Parker	87
No. 47	Gravitation, die	88
No. 48	Gut zu wissen!	89
No. 49	Rhinitis acuta	90
No. 50	Sportartenraten	91
No. 51	Polysemantik	104
No. 52	im Dienste der Allgemeinheit etwas in eigener Sache	105
No. 53	Sinnesrichtungen	106
No. 54	Jeden Freitag Firlefanz, diesmal ein Kleinod	107
No. 55	Jeden Freitag ein Kleinod, diesmal Firlefanz	108
No. 56	Ein Fernschreiben	110
	sowie	
No. 57	Immer mit der Ruhe	112

Maybe in order to understand mankind, we have to look at the word itself: »Mankind«. Basically, it's made up of two separate words: »mank« and »ind«. What do these words mean? It's a mystery, and that's why so is mankind.

— Jack Handey

Von Wunderdingen und Freitagen

Die spekulative Methode des Aristoteles ist unsere Sache nicht. Auch der Standpunkt der Scholastik ist etwas abstrakt. Uns scheint vielmehr die Vielfalt in den Dingen eine schöne Möglichkeit zu bieten, sich die Welt zu erklären. Also sind wir einer Leidenschaft wissbegieriger Fürsten und Kirchenmänner gefolgt und haben uns eine Wunderkammer eingerichtet: Voll von Ideen und Denkbildern, die man zwar nicht anfassen, wohl aber lesen und sich vorstellen kann. Und gewiss haben sich die Zeiten geändert, nicht aber der Wunsch, Wunderliches zu betrachten oder den Betrachter zu verwundern.

Aus Neugier an Raritäten und Kuriositäten machen wir uns regelmäßig auf, ein Kleinod in den Gebieten der *naturalia*, *artificalia*, *antiquitates* oder *scientifica* zu entdecken. Nachzulesen sind die Berichte über das Gefundene als »Immer Freitag« einmal pro Woche auf der Internetseite der Edition Krill.

Anschließend wird jedes dieser Kleinodien in die Wunderkammer überstellt: In einer Ecke lehnt ein Wal, der aus Papier gefaltet wurde – er war der Erste hier. In der Nähe lümmelt ein junger Mann, den Finger genüsslich tief in seiner Nase versenkt: Was für ein Benehmen! Auf einem Fenstersims steht eine

Plastikflasche gefüllt mit Wasser, darin schwebt eine Kugelschreiberkappe: Ein echter Bathyskaph. Auf dem Tisch gegenüber ist der Inhalt eines Säckchens Buchstabennudeln in kleine Häufchen aufgeteilt: Angewandte Literaturwissenschaften. Und im Aquarium daneben ein Massageball, in dessen Mitte ein Pfauenaugenbuntbarsch steckt und seine Runden dreht: Fachgebiet Aquaristik.

Das vorliegende Buch ist eine Bestandsaufnahme dieser Kleinodien und dazu gedacht, sie alle zusammen in die Brusttasche zu stecken und im Park spazieren zu tragen. Und sie bar jeder Stromversorgung, abseits aller Lochmasken und Leuchtpunkte bei natürlichem Lichteinfall zu lesen und in die Seiten genüsslich Eselsohren hineinzufalten. Sich also ganz nebenbei der Alleinstellungsmerkmale gedruckter Bücher zu bedienen.

Emsig neue Registerkärtchen beschriftend,

Wolfgang Gosch & Virgil Guggenberger,
Edition Krill.

Immer Freitag.

**Jeden Freitag ein Kleinod, diesmal:
Wir falten einen Walfisch.**

Benötigt: Ein quadratisches Stück Papier mit cirka 10 cm Seitenlänge, Farbe nach Gutdünken.

 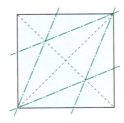

1 — Das Papier zunächst diagonal, danach spitz zusammen- und wieder auseinanderfalten.

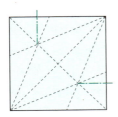 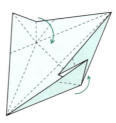

2 — Das Quadrat wie dargestellt zu einem Rhombus falten.

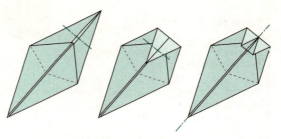

3 — Vorbereitung des Mauls.

Aufgemerkt: Wale werden unterteilt in Zahn- und Bartenwale.
Letztere besitzen statt Zähnen lamellenartige Hornplatten,
sogenannte Barten, mit denen sie ihre Nahrung aus dem Meer filtern.

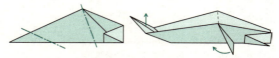

4 — Die Antriebs- und Stabilisierungsorgane (Fluke und Flipper) entsprechend Abbildung einfalten.

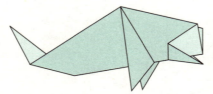

5 — Wal, da bläst er! In diesem Fall ein Pott.

Immer Freitag.

**Jeden Freitag ein Kleinod, diesmal:
Der gute Ton, 1922**

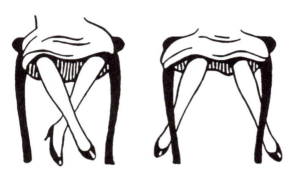

Das ist ungraziös und geschmacklos.

Immer Freitag.

No. 3

Jeden Freitag ein Kleinod, diesmal: Famos Niesen!

Dazu wird benötigt:
- 1 voll funktionsfähige, gesunde Nase
- linke oder rechte Hand (empfohlen wird die linke) mit zumindest Daumen und Mittelfinger
- 1 möglichst starke, konstante Lichtquelle

1 — Bringen Sie das Benötigte – soweit möglich – in ihre unmittelbare Nähe.*

* Bei Verwendung der Sonne als Lichtquelle ist die bereits bestehende Nähe völlig ausreichend.

2 — Mit Daumen und Mittelfinger der gewählten Hand drücken Sie nun bitte gleichzeitig vehement auf beide Seiten der Nase direkt unterhalb des Nasenbeins (lat. *Os nasale*) wie auf der Skizze angezeigt.

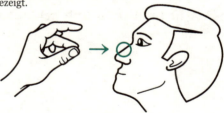

3 — Nun richten Sie bitte Ihre Nase mit beiden aus dem Körper führenden Öffnungen direkt auf die von Ihnen gewählte Lichtquelle.

4 — Um eine optimale Wirkung zu erzielen, variieren Sie den Druck – und geringfügig(!) auch die Position – Ihres Daumens und Mittelfingers.

5 — Fortgeschrittene verdrehen dazu noch die Augen nach oben, ziehen Luft in kurzen Stößen und feinen Dosen in die durch Daumen und Mittelfinger kunstgerecht verengten Nasengänge und veredeln so das Niesen in seiner Intensität und Spannkraft.**

Anmerkung: Das gelungene Nieserlebnis lohnt reichlich den betriebenen Aufwand!

** Der Gentleman hat – um seiner Leidenschaft auch in der Öffentlichkeit nachgehen zu können – stets ein ausreichend großes Schnupftuch parat!

Immer Freitag.

**Jeden Freitag ein Kleinod, diesmal:
Antrieb und Nachfrage (vereinfacht).**

Immer Freitag.

No. 5

**Jeden Freitag ein Kleinod, diesmal:
Ein Benehmen wie offene Hose.**

Immer Freitag.

Jeden Freitag ein Kleinod, diesmal aus gegebenem Anlass:

Schneeschaufeln, das |*s.*|*subst.V.* Das S. wird zu jener Gruppe von Gewalten gezählt, die von Natur aus dem Menschen zugedacht war. Der sächliche Artikel weist darauf hin, dass sowohl Männchen als auch Weibchen gleichermaßen betroffen sind. Da Schnee beim Schaufeln o. ä. auf der Kleidung o. ä. keine Spuren o. ä. hinterlässt, kann als erstes assoziiertes Adjektiv »sauber« geltend gemacht werden – im Gegensatz zu Kohle, die ja fürchterlich Mist macht.

Das S. ist also *per definitionem* eine saubere Gewalt, oder wie es in einem alten Kinderreim heißt:

> Schrapp-schrapp
> den Schnee von der Straße ab.

Immer Freitag.

No. 7

Jeden Freitag ein Kleinod, diesmal erneut aus gegebenem Anlass:

Schneeschaufeln, das |s.|*subst.V.* Das S. wird zu jener Gruppe von Gewalten gezählt, die von Natur aus dem Menschen zugedacht war. Der sächliche Artikel weist darauf hin, dass sowohl Männchen als auch Weibchen gleichermaßen betroffen sind. Da Schnee beim Schaufeln o. ä. auf der Kleidung o. ä. keine Spuren o. ä. hinterlässt, kann als erstes assoziiertes Adjektiv »sauber« geltend gemacht werden – im Gegensatz zu Kohle, die ja fürchterlich Mist macht.

Das S. ist also *per definitionem* eine saubere Gewalt, oder wie es in einem alten Kinderreim heißt:

> Schrapp-schrapp
> den Schnee von der Straße ab.

Immer Freitag.

**Jeden Freitag ein Kleinod, diesmal:
Kein Federlesen.**

Edition Krill krampft noch in den Nachwehen der Geburt Christi und des Namens- und Todestages des 35. Nachfolgers Petri als Bischof von Rom, blickt aber bereits wieder gebärfreudig auf den Freitag nächster Woche, für den an dieser Stelle das Fatum vieler tausend Tonnen Eises angekündigt sein soll.

Immer Freitag.

Jeden Freitag ein Kleinod, diesmal etwas zu Jenem.

> Wasser verhält sich merkwürdig. Sein Volumen steigt beim Erwärmen zwischen 0 und +4°Celsius nicht an, sondern sinkt überraschenderweise ab. Gefriert Wasser, so ist die Dichte des Eises knapp ein Zehntel geringer. Eis schwimmt daher im Wasser, wobei die entsprechenden 10 Prozent des Eisvolumens über die Wasseroberfläche ragen. Beim Schmelzen verschwinden die Hohlräume der Eisstruktur, das Volumen nimmt ab und erreicht bei +4°Celsius seinen kleinsten Wert. Erst bei weiterer Erwärmung steigt der Raumbedarf der Wassermoleküle infolge der zunehmenden thermischen Bewegung wieder an.
>
> Nur soviel dazu.

»Ach rutscht mir doch den Buckel runter!« Kaum vernommen folgten die Seemöwen der Einladung des inzwischen mürrisch gewordenen Eisbergs und taten Entsprechendes. Seit Stunden umkreisen sie den kalten Koloss, hänselten und gretelten ihn wegen seiner trägen Erscheinung. Manchmal schnaufte er wie ein Walross, oder knirschte mit den Zähnen einer längst vergessenen Schmelze. Die Möwen schienen zu immer neuen Gemeinheiten angeregt, und nachdem sich der schwerfällige Wanst nicht wehren konnte oder wollte, war sein Rücken bald schon von den Spuren ihrer Vergnüglichkeiten übersät. Er glich jetzt einer Schiregion in den Alpen – winters wie sommers.

Küstengletscher haben im Gegensatz zu Berggletschern ein besonders spektakuläres Ende: Ihre Gletscherzungen schmelzen nicht ab, sondern brechen als enorme Eismassen ins Meer.

Seit einigen Monaten nun zog der an der Ostküste Grönlands gekalbte Eisberg auf dem Ostgrönlandstrom in südwestliche Richtung, und weniger der Wind, sondern vor allem die vorherrschende Meeresströmung ließ ihn stur wie rastlos weiterwandern. Als der Eisberg Kap Farvel an der Südspitze Grönlands erreichte, bog er nach Norden Richtung Baffinbai ab. Die Möwen waren inzwischen verschwunden, dafür gesellten sich jetzt andere Eisberge zu ihm. Mal waren es grobschlächtige Typen – rau in Charme und Anmut, ein anderes Mal filigrane Eisfigürchen – blasse Bleigussgebilde, denen man ihr Gewicht kaum ansah. Aber auch sie gaben bloß ein Gastspiel und schon bald herrschte erneut arktische Einsamkeit. Auf der Davisstraße entlang der nordamerikanischen Ostküste gelangte der Eisberg wieder Richtung Süden, wo er vom kalten Labradorstrom aufgenommen wurde und weiter südwärts das Gebiet um Neufundland erreichte.

Neumond. Die Nacht war beinahe sternenklar. Eine schneidend kalte Brise strich dem Eisberg über den Kamm. Kleine Wellen klopften verhalten an seine Seite, als wollten sie ihm ein Geheimnis anvertrauen. Der Wind, sonst damit beschäftigt, Knoten in die ausgefransten Wolkenzipfel zu machen, fand sich nun dazu bemüßigt, aus der Ferne Geräusche heranzutragen. Zuerst zertüpfelten Blechblasinstrumente die Stille. Sie trieben Gelächter vor sich her und mischten sich mit Gläserklingen. Später fiel Besteck auf den Teppich und Lackschuhe wirbelten über den Parkett. Ein Pianist nieste (was angesichts der ausgelassenen Stimmung aber niemand wahrnahm). Die Geräusche verschmolzen schließlich zu einer eindrucksvollen, kakophonischen Kulisse.

Dann: Wange an Wange, Backbord an Steuerbord. Ein metallisches Knurren, ein Aufbegehren und Niedersinken, dumpfes Stöhnen, ein Biss auf die frostklammen Lippen. Beträchtliche Stücke Eis brachen ab, fielen pfeifend ins klirrend kalte Wasser oder zerbarsten an Deck zu fußballgroßen Klumpen. Mit Schuhen geäußerte Gleichgültigkeit ließ diese dahinschmelzen – die Luft war warm und bereitete dem Spiel rasch ein natürliches Ende. Schmerzlich machte sich beim Eisberg der fehlende Teil bemerkbar. Die Schramme an seiner Flanke blitzte messerscharf, bevor sie jäh von glasigem Firn bedeckt wurde. Sein Blick war zunächst schmerzentstellt, dann verwirrt. Später mischte sich zur Verwirrung etwas erbärmlich Hilfloses. (Wie ein Bagger, der auf dem Weg zum Baugrund in einen See gefallen war. So ähnlich erbärmlich, so ähnlich hilflos sah es aus.) Was auch immer diese Wunde geschlagen haben mochte, es musste groß gewesen sein. Entsprechend liest sich auch die Bilanz einer kurzen Selbstdiagnose: Backbordseitige Abscherfraktur zweiten Grades mit leichtem hypovolämischem Schock, Gewichtsverlust (rund 33,7 Tonnen), gefolgt von einer subfebrilen Exsikkose und einer retrograden Amnesie. Kurzum: Er war übel zugerichtet; es war zum Nichtmitansehenkönnen.

Traumatisiert trieb der Eisberg weiter in die offene See, umkreist von Heerscharen wilder Horden zu Luft und zu Wasser. Der Eisberg genas zwar einigermaßen von der neumondnächtlichen Irrfahrt, jedoch der anhaltende Abrieb durch Wind und Strömung sowie die steigende Temperatur aufgrund des Golfstromes südlich von Neufundland ließen ihn schließlich neun Monde später, an einem Freitag im Jänner 1913, zur Gänze verschwinden.

Nachtrag

Kalbt ein Gletscher, verliert er nicht nur einen großen Teil seiner Eismasse, er setzt auch große Wassermengen frei. Solange Wasser gefroren ist, nimmt es nicht am globalen Wasserkreislauf teil. Erst wenn ein Eisberg oder Gletscher schmilzt, gelangen die Wassermoleküle in die Zirkulation von Verdunstung und Niederschlag zurück. Aufgrund der entropischen Verteilung während der letzten 95 Jahre (so der Lauf der Dinge) befinden sich statistisch gesehen in jedem Liter Wasser, den wir zu uns nehmen, unge-

Wasserteilchen verweilen in einem Gletscher durchschnittlich 10.000 Jahre, je nach klimatischen Verhältnissen. Das gefrorene Wasser eines Alpengletschers bleibt beispielsweise nur 100 Jahre gebunden, bevor es verdunstet oder abfließt. Das Eis Grönlands hingegen hat an manchen Stellen ein Alter von über 100.000 Jahren.

fähr 17 Billionen Wassermoleküle* aus eben diesem einen Eisberg, welche auf der nördlichen Erdhalbkugel ausgeschieden gegen den Uhrzeigersinn wieder abfließen, verdunsten, und gelegentlich als Schnee auf Grönland niedergehen.

---

* 71% der Erdoberfläche sind mit Wasser bedeckt, das sind gemäß Schätzungen 1.385.984.600.000.000.000.000 Liter Wasser (oder 1,386 Trilliarden Liter bzw. 1.385.984.600 Kubikkilometer). 3% sind Süßwasser (der Großteil davon gefroren an den Polen), nur 0,03% sind als Trinkwasser nutzbar. Der Eisberg hatte ein Gewicht von rund 700.000 Tonnen, heute entspricht das 700 Mio. Litern Wasser. Demnach folgt: 1 Liter = 55,56 Mol[1] × $6,02×10^{23}$ = $334×10^{23}$ Wassermoleküle pro Liter. Im Eisberg befanden sich also $7×10^8 × 3,34×10^{25}$ = $23,38×10^{33}$ Wassermoleküle (in Worten: dreiundzwanzigkommaachtunddreißig Quintilliarden, das ist eine Eins mit dreiunddreißig Nullen – unvorstellbar!). Diese auf die Wassermenge der Erde verteilt ergibt immerhin $23,38×10^{33} ÷ 1,386×10^{21}$ = $16,87×10^{12}$ (= 16,87 Billionen) Eisbergwassermoleküle pro Liter Wasser.

---

1   Ein Mol eines Stoffes enthält rund 602 Trilliarden Teilchen (hier: Wassermoleküle) dieses Stoffes. Ein Mol Wasser wiegt 18 Gramm.

Immer Freitag.

No. 10

**Jeden Freitag ein Kleinod, diesmal:
Was unartigen Bäumen passiert.**

erleichterter Hand geführt dem Blickfeld unter der Nase entschwindet. Es folgt ein vollmundiges Knacken als erster Gruß einer berechtigten Belohnung für das Ausgestandene.

Immer Freitag.

No. 12

Jeden Freitag ein Kleinod, diesmal somnambule Gewächse, die sich im Haupte breitgemacht in gravitätisch verzerrte Landschaften ergossen und den Blick täuschten, zumal sie die Idee von etwas anstießen, das es nicht zu fassen gibt; wonach es sich zu suchen lohnt.

TEIL EINS: Das Einhorn.

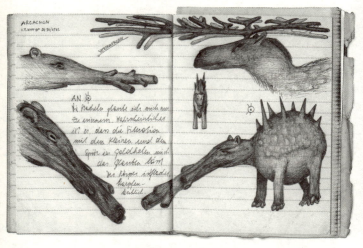

Den Bauch eines Karpfen. Den Kopf eines Tapirs, die Schnauze eines Ameisenbären respektive Baumstumpfes. So also dachte es sich die Natur in ihrem Fieberwahn.

Immer Freitag.

No. 13

Jeden Freitag ein Kleinod, diesmal: Freitag, der dreizehnte.

Gerade Realisten glauben an den Zufall. Sonst müssten sie die Wirklichkeit ablehnen (und wären so *per definitionem* keine Realisten mehr). Was Realisten meinen, wenn sie sagen, dass sie nicht an Zufall glauben, ist, dass sie sich nicht der Illusion hingeben können oder wollen; sie sind misstrauisch und unempfänglich für das magische Moment, welches in der wundersamen Verquickung von Zeit, Ort und Umstand steckt. Beziehungsweise *nicht* steckt, denn jede Gegenwart besitzt sämtliche Zutaten, die sie einzigartig machen. Wann etwas als Zufall bezeichnet werden kann, das bestimmt einzig die Qualität der Zutaten. Je exquisiter der Ort (z. B. Universum, Großstadt, Rosengarten), die Zeit (eine Millisekunde nach dem Urknall, Morgendämmerung, 18. Jahrhundert) und die Gegebenheiten (Temperatur, Sehnsucht, Zeitgeist), desto hochwertiger die Gensuppe, aus der der Moment seine Strahlkraft schöpft.

Immer Freitag.

No. 14

**Jeden Freitag ein Kleinod, diesmal:
Glück im Unglück, Unglück im Glück.**

Muss man es Pech nennen, vom Blitz getroffen zu werden? Und ist es Glück, dies zu überleben? Man möchte meinen, ja. Roy Cleveland Sullivan, Forstaufseher im Shenandoah Nationalpark in Virginia, überlebte zwischen 1942 und 1977 nachweislich sieben(!) Blitzschläge. Die Wahrscheinlichkeit, in den Vereinigten Staaten von einem Blitz getroffen zu werden (regionale Wetterunterschiede, Bevölkerungsdichte etc. außer Acht lassend), beträgt 1 zu 3000. Für ein siebenmaliges Eintreten dieses Ereignisses während eines Menschenlebens stehen die Chancen 1 zu 16.000.000.000.000.000.000.000.000.

Angesichts dieser Un-Wahrscheinlichkeit ist es nur verständlich, dass Sullivan zunehmend paranoid wurde: Er glaubte gemäß einem Artikel der *St. Petersburg Times* (Tampa, 1983), er würde von einer höheren Macht verfolgt, die ihm nach dem Leben trachtet*. Vereinzelt wird berichtet, dass Sullivan ab dem vierten Blitzschlag immer einen Krug Wasser mit sich führte, um im Fall des Falles Haare und Augenbrauen zu löschen bzw. die angesengte Haut zu kühlen.

---

* 1973 wurde Sullivan getroffen (das fünfte Mal), als er sich während einer Patrouille von einer Wolke verfolgt fühlte und versuchte, ihr davonzulaufen. Als Gerücht hingegen gilt, dass auch seine Frau einen Blitzschlag erlitt, als Sullivan mit ihr im Garten Wäsche aufhing und plötzlich ein Sturm aufzog.

Zwar verursachten die Blitzschläge Brandwunden und andere Verletzungen, gestorben ist Sullivan letzten Endes aber von eigener Hand. Er erschoss sich im September 1983 im Alter von 71 Jahren. Aus Liebeskummer, wie es heißt.

Immer Freitag.

No. 15

Jeden Freitag ein Kleinod, diesmal: Fortdauer.

Jubel, Freude und Glückseligkeit. Diese frisch-fröhlichen Drei, sie füllen heute aus gutem Grunde die Herzen der Anhänger der Longue durée*. Denn erst im Jahr 2036 wird es wieder sein so wie heute; wird ein Freitag zum Schalttag.

Wen es kümmert, mag man meinen. Und frägt sich, wo da der Reiz, das Außergewöhnliche zu finden sei. Nun, reizend ist: An diesem Tag wäre hier der Freitag No. 1475 zu lesen. Außergewöhnlich indes wäre es, dies tatsächlich erreicht zu haben.

Warum aber der Dauer, dem Beständigen Bewunderung entgegenbringen? Warum dem Aushalten, dem Weiter Wert beimessen? Warum nicht dem Moment, dem Augenblick, dem Zwinkern der Zeit akklamieren?

Weil in jedem Moment das Vergessen mit den Zähnen klappert. Weil in jedem Augenblick die Wimpern eilfertig *adieu!* rascheln. Weil erst im Zwinkern der Zeit das Gelächter der Vergänglichkeit seinen vollen Schall entwickelt. Weil ohne die Gestern das Heute unmöglich wird.

* **Longue durée** (dt.: lange Dauer) geht aus der Annales-Schule um Fernand Braudel hervor. Zentraler Gedanke ist, dass sich politische, wirtschaftliche und geographische Gegebenheiten – wenn – nur sehr langsam ändern. Sie steht im Gegensatz zur sog. »Ereignisgeschichte«, die Zeitgeschichte von Punkt zu Punkt, Ereignis zu Ereignis festmacht.

Immer Freitag.

**Jeden Freitag ein Kleinod, diesmal:
Der Schwalbenfisch.**

»Ich bezweifle, dass sich die fliegenden Fische einzig und allein, um der Verfolgung ihrer Feinde zu entgehen, aus dem Wasser schnellen. Gleich den Schwalben schiessen sie zu tausenden fort, geradeaus und immer gegen die Richtung der Wellen ... als gewähre es ihnen Vergnügen, Luft zu athmen.«

Alexander von Humboldt

Immer Freitag.

**Jeden Freitag ein Kleinod, diesmal:
Alter ego.**

Von Freitagsgast und -autor Christian Smetana, Berlin

An wen wenden wir uns, wenn uns Gedanken plagen? Zu wem sprechen wir über eine eben erfahrene Freude? Wie versuchen wir, ein plötzlich aufgetretenes Problem in den Griff zu bekommen? Indem wir ein leises Gespräch beginnen, ein Selbstgespräch, wie es schlampig tituliert wird. Dabei ist uns doch allen und immer klar, dass wir eigentlich gar nicht zu uns selbst sprechen. Vielmehr sprechen wir zu diesem Anderen in uns, zu diesem Anderen, das uns ausmacht. Wir sprechen zu jenem, der uns als innere Stimme so oft beruhigt, der uns weiter führt, uns überrascht: dem Schatten.

Er ist unser treuester Begleiter, er hat immer ein offenes Ohr für unsere Sorgen und Überlegungen. Unser Schatten kennt uns so gut wie niemand sonst. Seit unserer Geburt ist er mit uns unzertrennlich verbunden, kennt unser Wesen samt seiner, nun, Schattenseiten so gut wie nur wir selbst es kennen.

Gemeinhin wird das Phänomen des Schattens als ein durch die Hemmung des Lichtes hervorgerufenes Abbild eines Körpers erklärt. Oft erscheint dieser in erhöhtem Maße den Bewegungen des Körpers zu folgen bzw. diesem bei entsprechendem Lichteinfall sogar voraus zu eilen.

Dieses physikalische Verständnis des Schattens fundamentiert die Ansicht, jeder beliebige Körper, also auch der eigene, sei der Verursacher, man selbst also der Erzeuger des Schattens, welcher sich *eo ipso* in einer vollendeten Abhängigkeit zu einem selbst befindet. Bei genauerer Betrachtung dieses Sachverhaltes erkennt man aber sehr schnell, dass es sich umgekehrt verhält, denn es bleibt, ganz mit Lessing, festzustellen: Über seinen Schatten zu springen kann dem Leichtesten nicht gelingen. – Es ist uns unmöglich, da uns dieser immer einen Schritt, einen Gedanken voraus ist. Er geht vor uns in die Zukunft und wir folgen ihm nach. Wir sind es, die ganz in der Macht des Schattens stehen. Wir sind abhängig von ihm. Gehen wir im grellen Gegenlicht, fast blind, gehen wir meist langsam und drehen uns immer wieder um. Suchen nach unserem Schatten, der uns diesesmal den Vortritt lässt, ganz so wie man Kindern den Vortritt lässt, wenn sie üben sollen. Und wie ein Kind suchen wir ihn mit unseren Blicken, um Rat fragend.

Und wie wäre es, welch unglaublicher Schreck, wenn wir uns eines Morgens plötzlich von unserem Schatten verlassen sehen würden? Panik würde uns übermannen und eine nie zuvor gefühlte Einsamkeit. Es ist der Schatten, der einem tagtäglich die Gewissheit gibt, zu existieren.

Immer Freitag.

No. 18

Jeden Freitag ein Kleinod, diesmal:

Lambris, das *(n.; -i)*[1] *archäol.*: Standessymbol thrakischer Tyrannen*, das häufig auch als Grabsiegelung von Dolmen und Tumuli Verwendung fand. Lange Zeit fälschlich ausschließlich auf das Gebiet Westthrakiens (heutiges Ost-Griechenland) bezogen**, ist heute die Verbreitung dieser Siegel aus dem gesamten ehemaligen thrakischen Raum bekannt. Es findet Gebrauch bis in die Zeit der römischen Machtübernahme im Jahr 44 n. Chr., als Thrakien römische Provinz wurde. Die genaue Bestimmung Thrakiens ist im Laufe der Forschung stark umstritten; nach dem aktuellen Standpunkt bezeichnet es einen Bereich der östlichen Balkanhalbinsel, der heute zum größten Teil zu Bulgarien und in kleinen Teilen zu Griechenland und der Türkei gehören.

* In der antiken Staatsordnung: Herrscher über eine Polis (Stadtstaat).

** Ein zeitgenössischer Hauptvertreter dieses Standpunktes ist der bulgarische Archäologe Georgi Kitow. Berühmt geworden durch den Fund einer goldenen Totenmaske während Ausgrabungen bei Topoltschane/Sliwen (2007). Aufgrund seiner Grabungsmethoden (Bagger und Schubraupe) unter Archäologen aber in Kritik.

---

[1] Dazu denkt das Bellavista Fremdwörterlexikon in einer Neuausgabe aus dem Jahr 1999 zu wissen:
Lambris, das *österr. f.*: Verkleidung des unteren Teils einer Wand mit Holz oder Marmor

Immer Freitag.

**Jeden Freitag ein Kleinod, diesmal:
Hippopotomonstrosesquippedaliophobie.***

Und auch dies mit ein wesentlicher Grund, selbige zu fürchten wie der Teufel das Weihwasser!

(* Die Angst vor langen Wörtern.)

Immer Freitag.

No. 20

Jeden Freitag ein Kleinod. Diesmal betritt eine junge Dame das Geschäft.

Den Rest möchten Sie sich bitte denken.

Immer Freitag.

Jeden Freitag ein Kleinod, diesmal: 5.

Dass der Senf, respektive das Senfkorn, schon *per se* von höchstem Adel und Wert ist, zeigt hinlänglich die Tatsache, dass am Hofe Papst Johannes XXII.* dessen Neffe den würdevollen Titel »Grand moutardier du pape« (Großer päpstlicher Senfbewahrer) trug.

* geboren 1245 oder 1249 in Cahors (F); gestorben 1334 in Avignon (F); Papst von 1316 bis 1334

Dass weiter selbst der Duden, seit seiner 21. Auflage, das bescheidene Fließgewässer Sernf in der Schweiz nicht mehr unerwähnt lassen möchte, steht in feiner Weise für das Selbstbewusstsein des Kleinen gegenüber dem großen Gesamten.

Dass freilich die altehrwürdige schweizerische Stadt Genf als Sitz von insgesamt fünfundzwanzig internationalen Organisationen ihren Platz in der Weltgeschichte mit gesichertem Gewissen einnimmt, muss nicht weiter begründend unterstrichen werden.

Dass sich der Hanf mit seiner über zehntausend Jahre zurückreichenden Nutzungsgeschichte durch den Menschen von den Chinesen als göttliche Pflanze verehren lassen darf, ist kulturgeschichtlich nur recht und billig.

Dass sich aber als Quintessenz mit der Zahl »5« die fünf einzigen deutschen Wörter mit der Endung -nf vervollständigen, das grenzt an blanke Hybris.

Immer Freitag.

Jeden Freitag ein Kleinod, diesmal: Feststellung über das Semikolon.

Ein zur Interpunktion gelangtes Halbwesen, von dem man verlangt, zusammenzurücken, was der Punkt trennt und zu trennen, was der Beistrich verbindet; wahre Magie also.

Immer Freitag.

Jeden Freitag ein Kleinod, diesmal:
…

Richtig, über *die* müsste auch einmal ausführlich verhandelt werden: über die typografische Manifestation vielsagenden Leerraumes. Zoomt man die drei Punkte groß heraus, so würden Nabe, Felge und Profil sichtbar – Räder sind's, auf denen der zuvor angeschubste Gedanke noch etwas weiterrollen kann…

Immer Freitag.

No. 24

Jeden Freitag ein Kleinod, diesmal: Metamorphose.

Dem ambitionierten Aquaristiker kann nur ein Tier zur vollen Zufriedenheit gereichen: der Igelfisch (*Diodon hystrix*). Da dieser in den landesüblichen Süßwasser-Aquarien als ausgewiesener Salzwasserfisch aber keinen Lebensraum finden kann und will, greift der gewiefte Aquarien-Tüftler gerne zu einem Trick, um die Freude an diesem Tier und seiner exquisiten Anmutung trotz Salzwassermangels voll auszukosten.

An erster Stelle steht der Erwerb eines handelsüblichen, lebenden Pfauenaugenbuntbarsches *Astronotus ocellatus*, auch *Roter Oskar* genannt.

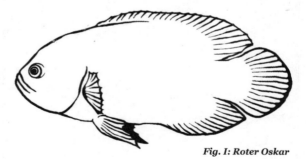

Fig. I: Roter Oskar

Diesen in einem mindestens 500 Liter fassenden Süßwasser-Aquarium heimisch gemacht habend, liegt die Konzentration im Schaffensprozess nun auf einem Massageball (Fig. II). Ursprünglich zur Muskellockerung und generellen Anregung von Körper und Geist gedacht, dient der Ball dem Heimwerker als entsprechender Corpus des zu konstruierenden Süßwasser-Igelfisches.

Fig. II: Massageball
In der Farbwahl des Balls sind der Kreativität keine Grenzen gesetzt.

Mit zarter Hand wird der Bauchumfang des Buntbarsches festgestellt und entsprechend den Maßen ein zentrierter Kanal in den Massageball geschnitten. Eventuell entstandene Schnittränder und Unfeinheiten werden sauber abgegratet.

Der entstandene Hohlraum wird nun kunstvoll mit dem Buntbarsch aufgefüllt (Fig. III). Eine Steckrichtung muss hierbei nicht beachtet werden, da der

Det. A

Fig. III: Montage

Ball in seiner Funktion nicht richtungsgebunden ist. Im Schwimmverhalten zur Perfektion gebracht wird der Süßwasser-Igelfisch durch das Anbringen kleiner Bleigewichte an der Unterseite des Balles (Det. A).

° o ° o °

Das Resultat kann sich sehen lassen und wird dem Aquaristiker eine persönliche Bereicherung und Freude sein, dem obendrein noch der uneingeschränkte Respekt der Fachkollegenschaft sicher ist.

Immer Freitag.

**Jeden Freitag ein Kleinod, diesmal:
Angewandte Literaturwissenschaften.**

Produkt:
Wolf Eigold Buchstaben (mit frischen Eiern aus Bodenhaltung), Füllgewicht: 250 Gramm.

Hypothese:
Das sprachlich-literarische Potential von Buchstabensuppe wird dramatisch unterschätzt.

Fragestellung:
Ausgehend von der Frage, ob es eine spezifische Verteilung von Nudeleinheiten in einer handelsüblichen Packung Buchstabensuppe gibt, soll untersucht werden,

a) welcher Sprache die Verteilung ähnelt. Deutsch und Französisch besitzen etwa das »E« als häufigsten Buchstaben. Ergäbe die Verteilung ein Übergewicht an »X«, soll die ihr am nächsten kommende Sprache (ein malayo-polynesischer Dialekt z. B.) gefunden werden. Das Ergebnis soll als »Dialektik einer bestimmten Sorte Suppe« Veröffentlichung finden.

b) ob bestimmte Buchstaben (womöglich produktionsbedingt?) überhaupt nicht bzw. sehr häufig vorkommen. Insbesondere bei formal primitiven Buchstaben wie »O« und »I« ist ein vermehrtes Auftreten anzunehmen.

c) inwiefern sich eine bestimmte Menge Suppe zum Verfassen von Texten bzw. zu deren Nacherzählung eignet.

Untersuchung:
Untersuchungsteam: 3 Personen
Testmenge: 42 Gramm (exakt: 41,67 Gramm)
Zählbeginnzeit: 21:10 Uhr
Zählstopp: 22:05 Uhr

Diskrete Ergebnisse:
Buchstaben: 901
Ziffern: 240
Sonderzeichen: 2 (*)
kaputt: 3 (Y, L, C)
nicht zuordenbar: 1
Zählmenge gesamt: 1147 Nudeleinheiten
Zähldauer: 55 Min.

Verteilung:
A |||||||||| |||||||||| ||
B |||||||||| |||||||||| ||||
C |||||||||| |||||||||| |||||||||| |||||||||| |||||||||| |||||
D |||||||||| |||||||||| |||||
E |||||||||| |||||||||| |||||||||| ||||||||||
F |||||||||| |||||||||| |||||||||| ||||||||
G |||||||||| |||||||||
H |||||||||| |||||||||| |||||||||| |||||||||| |||

I	||||||||| ||||||||| ||||||||| ||||||||| ||||||||| I
J	||||||||| ||||||||| |||||||||
K	||||||||| ||||||||| ||||||||| |||||
L	||||||||| ||||||||| ||||||||| ||||||||| ||||||||| ||||||||| |||||
M	||||||||| ||||||||| |||||||
N	||||||||| ||||||||| ||||||||| ||||||||| ||||
O	|||||||||
P	||||||||| ||||||||| I
Q	||||||||| ||||||||| II
R	||||||||| III
S	||||||||| ||||||||| ||||||||| ||||||||| |||||
T	||||||||| ||||||||| ||||||||| |||||
U	||||||||| ||||||||| ||||||||| ||||||||| |||||
V	||||||||| ||||||||| ||||||||| |||||||||
W	||||||||| |||||||
X	||||||||| ||||||||| ||||||||| ||||
Y	||||||||| ||||||||| ||||||||| ||||||||| I
Z	||||||||| ||||||||| ||||||||| ||||||||| ||||||||| |||||
*	II
0																			
1	III
2																																										
3																																	
4	||||||||| II
5																																														
6																								
7																			
8																												
9	(entspricht 6)

Hochrechnungen:
Packungsinhalt gesamt: 6882 Nudeleinheiten
[Testmenge: 41,67 Gramm = 1147 Nudeleinheiten, Gesamtgewicht der Packung: 250 Gramm]
Hypothetische Dauer, den gesamten Inhalt als Einzelperson zu ordnen und zu zählen: 16 Std. 30 Min.

Resultat:
Die durchschnittliche Menge an Buchstaben auf einem Esslöffel (ca. 35) reicht aus für den Bau einfacher Sätze, beispielsweise *Mimi geht in den Wald*.*

Aus der untersuchten Stichprobe (ca. 42 Gramm) lässt sich eine DIN-A4-Seite standardisiert vollschreiben. Mit knapp einer halben Packung (100 Gramm) ließe sich bereits die *Ballade vom Zauberlehrling* verfassen. Drei Packungen umfasst die gesamte erste Szene aus Goethes *Faust I (Nacht)*. Vier Packungen sind nötig für Goethes *Römische –*, ganze sechs Packungen für Rilkes *Duineser Elegien*. Und in knapp 18 Packungen wären Buchstaben für Kafkas *Verwandlung*. Eine solche nach unmittelbarem Verzehr nicht ausgeschlossen.

Fazit:
In jeder Packung Buchstabensuppe steckt potentiell ein Text, der einem Literaturpreis zur Verleihung gereichen würde. Aber: Nicht in jedem Buchstabensuppenesser steckt ein potentieller Literaturpreisträger.

---

* Das Vorhandensein von Asterisken (*) erlaubt es zudem, Marginalien wie diese anzubringen. Aufgrund des Fehlens jeglicher anderer Zusatzzeichen muss allerdings auf Umlaute und Interpunktion voellig verzichtet und in BLOCKBUCHSTABEN VERFASST WERDEN

Immer Freitag.

No. 26

Jeden Freitag ein Kleinod, diesmal: Botanik.

Eine Idee als Keimling oder gar Blüte zu verbildlichen, das ist schlimmer Unfug. Der Botanik reichem Bilderschatz gröblich entrissen. Ist die Idee doch vielmehr in des Schösslings Ursprung zu suchen. Temperatur, Klima, Bodenbeschaffenheit – das Habitat ist entscheidend. Ideen sind zunächst Ansatz, nicht Resultat. Organisch zusammengeführt zur Blüte: dem ersten Tun.

Naturgemäß sind hier in der Befruchtung Unterscheidungen zu treffen.

Ährchen der Gerste (*Hordeum vulgare*), Familie der Süßgräser (*Poaceae*).

Kaum verbreitet ist die Autogamie, die Selbstbefruchtung. Rigoros sich selbst genügen, das genügt nur selten lang. Indes liegt in der Konzentration auf

Eigenes etwas Lebensnotwendiges. Landauf, landab bekannt dafür sind Gerste, Bohnen oder Erbsen. Lustvoll zubereitet ein Genuss für Gaumen und Seele.

Keimling des Mais (*Zea mays*), Familie der Süßgräser (*Poaceae*).

Jedoch ungleich verbreiteter ist die Allogamie, die Fremdbestäubung. Umgesetzt in der Idee und zu vielem fähig. Bekanntes wird entfremdet, und Fremdes bekennenswert. In solcher Vielfalt mag auch Einfalt verborgen sein. Ließe man diese aber unbeachtet, so wäre sie die Magistra Vitae. Irrsinniges als sinnvoll zu begreifen ist das Gebot der Stunde. Einkeimblättrige, Mais etwa, bedürfen der Reichhaltigkeit, um sich zu genügen. Recht vorzüglich schmeckt dieser wiederum gebuttert und gesalzen!

siehe Impressum Tatsächlich aber wird die Idee zur Blüte im ersten Buchstaben jedes dieser Sätze.

Immer Freitag.

No. 27

**Jeden Freitag ein Kleinod, diesmal:
Sie selbst.**

Wie an Dienstagen früher oft ein Dienst angetreten wurde, so hielt man den Freitag für den passenden Tag, um zu Freien. Das ist richtig, aber auch falsch. (Und vice versa.)

Der erste Teil des Wortes wird mit *frei* in Verbindung gebracht. Dabei verdankt dieser Tag*, wie fast alle anderen Wochentage auch, seine Bezeichnung einem Götternamen. In »Freitag« steckt die germanische Göttin der Liebe und Fruchtbarkeit, *Freia* (bzw. *Frija* oder *Frigg*). Dero Name, der etymologisch »Geliebte« bedeutet, ist allerdings mit *frei* und *freien* verwandt.

* mittelhochdeutsch vritac, im Althochdeutschen fria-/frijetag

Das Adjektiv frei** geht auf die indo-germanische Wurzel *per(e)i-* zurück, die »nahe« oder »bei« bedeutet. Da das, was *bei einem* zumeist das Eigene ist, entwickelte dieser Begriff die Bedeutung »eigen«. Im Germanischen wandelte es sich zum heutigen Wort »frei«. Den selben Ursprung hat auch *freien* »heiraten, werben«, das im Germanischen »freundlich behandeln« bedeutet. Über die Bedeutung »lieb« (das Eigene hat man lieb), führt es wiederum auf den Begriff »eigen« zurück.

** mittelhochdeutsch vri, althochdeutsch fri, germanisch frija-

Weiter eintauchen möchte man, wenn man sich die Beziehung zwischen *frei* und *eigen* vergegenwärtigt. Es sei hier einzig festgestellt:

Nach der Liebe sind die Tiere traurig,
und frei ist nur das eigne Selbst.

Immer Freitag.

**Jeden Freitag ein Kleinod, diesmal:
Compagnons.**

Der Eine geht dem Andren voran. Schlaksig der erste, wacklig auf dem dünnen Hals einen kleinen Kopf, darauf ein schäbiger Zylinder, der Haltung sucht. Drunter, im Schatten der Krempe, Augen wie Kohlenstücke, im Gesicht ein Wiesel. Dünn der Bart, dünn die Lippen. Dünn auch der fahl gewetzte Stoff eines grauen Tweed-Sakkos*, das flatterhaft über knöchernen Schultern hängt. Ein speckichter Gürtel zwingt eine schwarze Hose in Form, die eine Handbreit über unbesockten Fesseln endet. Die nackten Füße in spitzigen Lederschuhen, geschnitten nach Mode der Narren.

* Ein solches würde der Schneider von Panama angewidert selbst zum Wegwerfen nicht angefasst haben.

So eilt er seinem Compagnon voran, zupft ihn am Ärmel, deutet mit einer langen Türkenpfeife hie und dort hin, zieht scharf zutzelnd an dieser, während er mit kleinen Trippelschritten Unruhe verbreitet, an jedem Marktstand Halt macht und sich für jede Seitengasse interessiert.

Ungleich gelassner aber der Mann, den Jener umhastet: Man mag ihn für den Besitzer eines hanseatischen Schiffskontors halten. Solide wirkt dieser. Sicher seiner selbst und seines Geschäftsgebarens. Die Melone fest auf den Kugelkopf gedrückt nisten kleine Schweinsäuglein über feisten roten Backen.

Umspannt der weiße Hals von einer violetten Fliege. Abwärts umschmeichelt blauer Samt** den Ehrfurcht gebietenden Bauch und standhafte Beine, die – Fuß geworden – in fest genagelten Schuhen stecken.

** Kostbar in der Art, wie auch der Schneider von Panama ihn nicht verfügbar hat!

So schreiten sie die Straße herab. Die beiden Herren Übersprungshandlung und Laster. Der Dritte im Bunde allerdings, der Ingenieur Müßiggang, hat sich bereits weit vor den Toren der Stadt verbummelt.

Immer Freitag.

No. 29

Jeden Freitag ein Kleinod, diesmal: Ungeziefer.

Der irische Ethologe Roger Gasmas (*1862, † n.b.) war einschlägig bekannt geworden durch seine Forschung an Insekten, insbesondere Schaben und Schrecken. Um die Jahrhundertwende gelang es ihm, deren Lernfähigkeit nachzuweisen, indem er einer Gemeinen Küchenschabe (*Blatta orientalis*) in mehrjähriger Dressur beibrachte, auf Befehl über seinen Daumen zu hüpfen. Diesen Versuch wiederholte er mehrfach, den Schwierigkeitsgrad in der Folge erhöhend, indem er der Schabe zunächst zwei Gliedmaßen abnahm. Die Schabe folgte dem Befehl – auch noch, als er ihr bereits die mittleren Beine abgenommen hatte – mit »augenfälliger Kraftanstrengung«, wie Gasmas in seinem Protokoll vermerkte. Schließlich entfernte der Forscher die beiden Hinterbeine und gab erneut den Befehl zum Sprung.

    Seine Schlussfolgerung: Verliert eine Küchenschabe alle sechs Beine, so wird sie taub.

Anmerkung: Gasmas' Todestag ist unbekannt. Es heißt, er sei eines Morgens aus unruhigen Träumen erwacht und dann verschwunden. Es ist jedoch nicht auszuschließen, dass er und die Schabe verschieden verschieden.

Immer Freitag.

No. 30

Jeden Freitag ein Kleinod, diesmal in ehrfurchtsamer Bescheidenheit vor dem Plural: Ein Konfetto.

Immer Freitag.

No. 31

Jeden Freitag ein Kleinod, diesmal Word am Wort.

Die tägliche Arbeit am Computer scheint oftmals monoton und uninspirierend, manchmal sogar ärgerlich. Das aber wird zu Unrecht so empfunden, und leicht ist Abhilfe zu schaffen! Man nehme zum Beispiel das weit verbreitete und oft benutzte Textverarbeitungsprogramm Microsoft® Word: Hier lohnt es insbesondere, die zahlreich mitgelieferten Lustbarkeiten zuzuschalten. In erster Linie sind das als Arbeitshilfe getarnte Programmfehler, die sich am Attribut »automatisch« erkennen lassen, also Automatische Rechtschreibung und Grammatik, Silbentrennung, Aufzählung, Einzüge et cetera.

Word kennt nun beispielsweise den Begriff Fanzone, nicht jedoch Fanzine (beim Duden ist dies genau umgekehrt). Word mag Pizzacurry, bei Sushi und Maki hingegen kommt der Software das Speiben. Selbst schöne Wörter wie äolisch verschmäht es, das mag aber am ästhetischen Anspruch des Programms liegen. Auch für die Begriffe endotherm und exotherm wird es keine Rechtschreibvorschläge liefern, dafür möchte es aus Aderung heldenhaft Adelung machen. Skurril ist das noch bei Narration [Narraktion? Narbration?], bizarr bereits bei Totengottesdienst [Tortengottesdienst?]. Unter offensichtlicher Ignoranz dem *Gender Mainstreaming* gegenüber merkt Word an, dass es zwar den Säer gibt, nicht jedoch die Säerin [Sägerin?], den Samen also nach wie vor der Mann ausbringt.

Darüber hinaus unterhält der »Assistent« (in Form einer beaugapfelten Büroklammer oder, wie hernach abgebildet, eines Macintosh-Männchens) mit lustigen Animationen und spannenden Ausführungen über richtiges und gutes Deutsch.

Leicht zu verwechselnde Wörter

Bei bestimmten Wortpaaren wie 'das' – 'dass', 'seit' – 'seid' oder 'war' – 'wahr' dient die Schreibweise zur Unterscheidung der Wortart.

- Statt: Ich glaube, <u>das</u> er morgen zurückkommt.
- Besser: Ich glaube, dass er morgen zurückkommt.

- Statt: <u>Seit</u> ihr auf den Besuch vorbereitet?
- Besser: Seid ihr auf den Besuch vorbereitet?

- Statt: So <u>wahr</u> das nicht gemeint!
- Besser: So war das nicht gemeint!

Immer Freitag.

**Jeden Freitag ein Kleinod, diesmal:
Vervollständigung.**

129 Jahre hat man sinniert, diskutiert und nach dem Rad gesucht, bislang aber nur Stützräder gefunden. Seit dem 23. Juni 2008 ist dies, theoretisch wie praktisch, Geschichte. An diesem Tag trat nämlich eine entsprechende Ergänzung der Norm ISO/IEC 10464 in Kraft, wonach es fürderhin ein Schriftzeichen »Großes scharfes S«* gibt.

Sein Aussehen orientiert sich weitgehend an seinem kleinen Bruder, bedient sich dabei aber Fragmenten von Großbuchstaben – in logischer Konsequenz S und Z, zudem als Basis für den Grundstrich ein umgedrehtes U.

Fig. 1: Variante mit Serifen

Fig. 2: Serifenlose Variante

Den Intimi diverser Codices zuliebe und der Vollständigkeit halber angemerkt: Der internationale Standard für Computerzeichensätze Unicode hat den neuen Buchstaben bereits in seine Codetabelle (Version 5.1.0) aufgenommen und den Platz U+1E9E zugeordnet. Er heißt dort »Latin Capital Letter Sharp S«.

* Dass kein Großbuchstabe für ß existiert(e) liegt ursächlich daran, dass im Deutschen keine Wörter mit ß beginnen. Sobald aber ganze Wörter groß (versa) geschrieben werden, herrscht Zugzwang. Bisher galt folgende Regel: ß wird groß zu SS oder SZ, wobei letztere Variante den Vorteil hatte, dass sie orthografisch eindeutiger ist. Maße wird zu MASZE, Masse zu MASSE. Nach der verhunzten Rechtschreibreform von 1996 war bei Großschreibung das SZ allerdings nicht mehr zulässig. MASSE war gleich MASSE.

Immer Freitag.

No. 33

Jeden Freitag ein Kleinod, diesmal der »Typosprach 3000 vh« in seiner Ausführung als Leicht-Zugmaschine.

Schematisiert vom stimm- und stiftgewaltigen Umsetzer Christian Zagler.

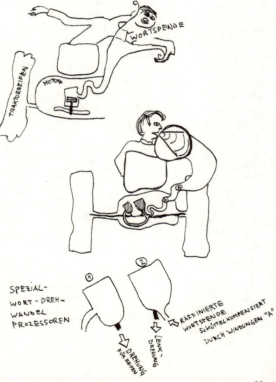

Immer Freitag.

Jeden Freitag ein Kleinod, diesmal: Memento.

Als der georgische Autor Iuri Abramowitsch Akobia diese Nachricht im Herbst 1995 an der Hintertür seines Hauses fand, wurde ihm schlagartig bewusst, dass es höchste Zeit geworden war, den im Frühjahr begonnenen ersten Band der *Study Mosaic* nun abzuschließen.

Immer Freitag.

No. 35

**Jeden Freitag ein Kleinod, diesmal:
Die Mechanik von Klappstühlen.**

Gerne vermittelt der Klappstuhl in gefälteltem Zustand Komfort in Warteposition. Vornehm im Hintergrunde an der Wand sich haltend, stets bereit zu voller Größe und vollem Nutzen, ist er Prototyp nobler Zurückhaltung und willfähriger Dienstbarkeit.

Was aber am Ende offen und labselig sich als Stuhl ausbreiten möchte, muss zuerst wider sein Wesen in den Zustand der nützlichen Unbrauchbarkeit gebracht sein. Das allerdings kommt nicht aus dem Möbel selbst, dazu braucht es die Mechanik.

Stahlfedern, Eisenwinkel, Schrauben und Bolzen zwingen in komplexem Zusammenspiel den Vierbeiner in den Zweibeiner – und ein simples Ansinnen zuvor den Zweibeiner hin zum Vierbeiner.

Kraft mal Weg, ein Zug hier, ein Gegenhalten dort: die Gesetze der Physik und allerlei arglistiges Gelenk wandeln den gemütlichen Stuhl zum kompakt geflachten Objekt. Derart wohlmeinend dekonstruiert, vom Menschen als vollwertiges und im Bedarfsfall Platz sparendes Sitzmöbel ersonnen, zeigt sich des Klappstuhls Zwiespalt: Aus nobler Zurückhaltung wird schiere Atemnot, und zur willfährigen Dienstbarkeit schließt erzwungne Hemmung auf.

So nun aber ein Klappstuhl seine Funktion verweigert, sich weder auf- noch zuklappen lässt, die Scharniere sich sperren, die Mechanik ihren Dienst nicht tut und des Kopfes Logik die rechte Technik nicht findet: Dann möge man sich den ursprünglichen Zweck dieses famosen Möbelstückes in Erinnerung rufen und ein Ganzes nicht aufgrund einzelner Teile strafen, ihn dafür entweder gnädig den fünfzehn Zentimetern zwischen Kasten und Wand überantworten oder seitlich davon abstellen.

Immer Freitag.

No. 36

**Jeden Freitag ein Kleinod, diesmal:
Tribut der Trieste.**

* Zusammengesetzt aus den altgriechischen Worten »bathos« (Tiefe) und »skaphos« (Schiff). Vater der Bathyskaphen ist der Schweizer Physiker Auguste Piccard (1884 – 1962).

Keineswegs ein klassisches Unterseeboot ist ein »Bathyskaph«* wie die Trieste dazu bestimmt, große und größte Tiefen der Weltmeere zu erkunden und die dort zuunterst liegenden Geheimnisse zur näheren Betrachtung kurz mit dem Lichtstrahl der Wissenschaft zu beleuchten. Unter dieser Prämisse gewann die Trieste am 23. Januar 1960 im Marianengraben im westlichen Pazifik eine nie wieder erreichte Rekordtauchtiefe von 10.916 Metern.

Da aber auch der Letzte dieser Bathyskaphen, die Trieste II, 1980 außer Dienst gestellt wurde, ist es nun, ein junges Erwachsenenalter später, durchaus an der Zeit, dem Sinken unter steigendem Druck erneut nachzuspüren.

Mit der bei einer entsprechend engagierten Unternehmung gebotenen Sorgfalt werden folgende Gegenstände für ein leicht zu bewerkstelligendes physikalisches Experiment zurechtgelegt:
- 1 leere Plastikflasche mit Drehverschluss
- 1 etwa 10 cm tiefe Schüssel
- 1 Kugelschreiberkappe mit Stiel (wie sie zum Anklippen gedacht ist; hier empfiehlt sich beispielsweise das Modell »Cristal« der Marke Bic)
- ein wenig Knetmasse, wassertauglich

Ist all dies sorgsam zusammengetragen? Dann wird als erstes die Plastikflasche mit Wasser gefüllt. Dabei ist zu beachten, dass die Flasche nicht vollständig, sondern nur zu etwa 97 Prozent ihres Volumens befüllt wird. (Richtig sieht es so aus als fehlte ein Schluck.) Der Drehverschluss wird für den späteren Gebrauch zur Seite gelegt.

Auch in die Schüssel ist reichlich Wasser einzulassen. Sie dient als Probetauchbecken und wird solchergestalt ihren Beitrag zum Experiment leisten.

Als nächstes kann der Bathyskaph nachgebildet werden. Ziel ist, mit der Kugelschreiberkappe und der Knetmasse einen gut austarierten Schwimmkörper zu konstruieren, der ebenso viel Wasser verdrängt wie es seinem Eigengewicht entspricht – er wird dann knapp an der Wasseroberfläche »schweben«. Die Fähigkeit zu Schwimmen erlangt die Kugelschreiberkappe durch die Luftblase, die beim Eintauchen ins Wasser eingefangen wird. Stabilisiert wird das Objekt durch die Knetmasse am unteren Stielende der Kappe. Beim Austarieren im Probetauchbecken sind in der Dosierung, Befestigung und Formgebung der Knetmasse alle Kenntnisse und Erfahrungen des ambitionierten Constructeurs gefragt.

Ist der Trimm erfolgreich beendet, kann mit der Tauchfahrt begonnen werden. Dazu wird der Mini-

Bathyskaph vorsichtig durch die Flaschenöffnung zu Wasser gebracht und die Flasche mit dem bereitgelegten Drehverschluss verschlossen.

Üben Sie nun mit beider Hände Kraft seitlich Druck auf die Flasche aus – schon beginnt der Mini-Bathyskaph seine Reise in die Tiefe!**

** Weitere Fragen zur Geschichte der Bathyskaphen, zur Person Auguste Piccard oder zur Frage, warum dieses Experiment mit der physikalischen Funktion echter Bathyskaphen nur bedingt etwas zu tun hat, beantwortet die Freitags-Redaktion im Raum Wien und Umgebung bei einem Getränk nach Wahl umgehend und gerne.

Anregung: Verleihen Sie dem Experiment doch eine persönliche Note durch eine bewusste Farbwahl von Verschlusskappe und Knetmasse!

Immer Freitag.

No. 37

**Jeden Freitag ein Kleinod, diesmal:
Tribut der Trieste II.**

Keineswegs ein klassisches Unterseeboot ist ein »Bathyskaph«* wie die Trieste dazu bestimmt, große und größte Tiefen der Weltmeere zu erkunden und die dort zuunterst liegenden Geheimnisse zur näheren Betrachtung kurz mit dem Lichtstrahl der Wissenschaft zu beleuchten. Unter dieser Prämisse gewann die Trieste am 23. Januar 1960 im Marianengraben im westlichen Pazifik eine nie wieder erreichte Rekordtauchtiefe von 10.916 Metern.

Da aber auch der Letzte dieser Bathyskaphen, die Trieste II, 1980 außer Dienst gestellt wurde, ist es nun, ein junges Erwachsenenalter später, durchaus an der Zeit, dem Sinken unter steigendem Druck erneut nachzuspüren.

Luftblasen perlen sehnsüchtig nach oben in die Richtung, in die auch der Blick beim Abstieg in die Tiefe gerichtet ist: zurück. Das Meer und seine Oberfläche kippen in die Senkrechte, das Sinken wird zur Rückwärtsbewegung in der Zeit. Die funkelnde Jugend der ersten fünfzig Meter Wassersäule strahlt hinab in das sich eindunkelnde Tief. Der zunehmende Druck der vergangenen Jahre lastet schwer. Die Konstruktion krümmt sich wie die Rücken der Alten, denen die Zeit ihren Buckel aufzwingt.

* Zusammengesetzt aus den altgriechischen Worten »bathos« (Tiefe) und »skaphos« (Schiff). Vater der Bathyskaphen ist der Schweizer Physiker Auguste Piccard (1884–1962).

Ohne jede Aufgabe, bewundert vielleicht, doch außen vor, hat die Trieste II 1981 als Museumsschiff im Schwarzen Loch** der Altersdepression auf Grund gesetzt. Mag dabei der stählerne Tiefseetaucher jedes Bar als einen weiteren Handschlag zum Abschied seiner letzten Reise in die Bodenlosigkeit gespürt haben. In gleichförmiger Tristesse streifen nun die Tage um das Tiefseeschiff und sickern zähflüssig durch den Stahl der Druckkugel in das Herz des letzten großen Bathyskaphen.

Andere sind jetzt am Zug. Jung sind sie, grell die Farben, ungewohnt die Formen, unverständlich, kompliziert und anfällig die Technik. Erfahrung und Unerschrockenheit zum gefahrvollen Gang in den Abyssus sind nicht mehr gefragt. Die Wendigkeit und Vielseitigkeit junger Gecken wird den alten Spezialisten der Tiefe vorgezogen. Das ewige Spiel der Generationen.

Und wie das Alter für immer auf die Jugend verzichten muss, ist auch das faltig alternde Österreich unwiederbringlich vom Meere getrennt. Darum Tribut auch dir, weißes Triest und Namensgeberin.

** Wie jüngst der *New York Times* zu entnehmen war, besteht die unwahrscheinliche Möglichkeit, dass der neue Teilchenbeschleuniger des CERN (Conseil Européen pour la Recherche Nucléaire) ein **Schwarzes Loch** erzeugt, welches die Erde (und das ganze Universum) verschlingen könnte. In Betrieb genommen wird dieser, richtig, am heutigen Freitag.

Immer Freitag.

No. 38

Jeden Freitag ein Kleinod, diesmal:

*»Trage nicht
was rollen kann
und rolle nicht
was fließen kann.«*

Immer Freitag.

No. 39

Jeden Freitag ein Kleinod, diesmal: Empfinden.

Die Schärfe der Chili wird gemessen in Scoville-Einheiten*. Die eines Geräusches in Acum**. Und die Schneide des Messers muss die Nagelprobe*** bestehen.

Woran, wodurch oder womit aber bemisst man die Schärfe eines Eindrucks?

* – ***: Da die Aussage des Textes einer genaueren Erläuterung der Maßeinheiten nicht bedarf, verzichtet die Redaktion auf eine naseweise Beschreibung derselben.

Immer Freitag.

Jeden Freitag ein Kleinod, diesmal ein Topflappen mit Top-Flappen:

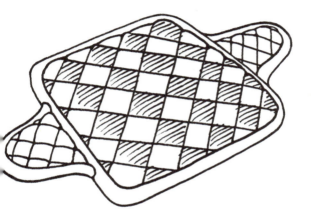

Immer Freitag.

No. 41

Jeden Freitag ein Kleinod, diesmal: Erdung.

Ihr bedarf es zeitweilig. Einen Baum zu herzen nach dem Regen, in den Rasen liegen kurz davor, oder währenddessen baren Fußes im Flussbett versinken – solche Gesten vermögen zu schmeicheln und die körpereigenen Kompetenzzentren Kopf, Herz und Bauch in Gleichklang zu versetzen.

Stehen unterdessen Wiese, Baum oder Fluss nicht zur Verfügung, ja fehlt es an jeder Landschaft, oder steht der Baum noch ganz im Regen, ist der Rasen kalt und nass, das Flussbett trocken oder zugefroren, so bleibt als Hilfsmaßnahme die Erdung von innen, die sogenannte Zimmrung. Sie ist im Prinzip das gleiche, nur eben drinnen vollzogen, während sich der Kopf in Gedanken draußen befindet. Pölsterberge, Wandschränke, Flügeltüren, Couchtischchen: wie in der Sprache sucht man sich im Zimmer ein geeignetes Synonym für Baum, Wiese oder Fluss, an den man sich schmiegt, in die man sich wirft oder auf welches man klettert. Wie draußen kann man hierbei so gut wie nichts falsch machen.

Generell gilt: Möchte man sich bei diesen Maßnahmen (wie auch bei allem andren) allein gelassen wissen, so schließe man die Augen.

Immer Freitag.

No.
42

**Jeden Freitag ein Kleinod, diesmal
aus der Serie »Große Völker dieser Erde«:
Der Grönlandwal.**

Gewohnt sind es die Barten des Grönlandwals (*Balaena mysticetus*), in den Weiten des Atlantiks seinem Herrn den Krill ins Maule zu filtern. Ganz diesem Zweck entfremdet brach zur Unzeit während der Verlobungsfeier der jungen Gräfin Uhlstein eine aus nämlichem Fischbein hergestellte und in das Panier des Fräuleins verarbeitete Reifstrebe unter der Belastung mehrerer Pfund feinsten englischen Tuches entzwei.

Unvorhersehbar tragisch war die Folge dieses kleinen Missgeschicks. Um den Schaden am Kleide richten zu lassen, zog die Dame sich – für eine halbe Stunde nur – aus der Gesellschaft zurück. In der Gesellschaft wiederum fiel das Auge ihres beinah Verlobten auf die üppigen Rundungen der reichen Bürgerlichen Marie Stresemann, verhakte sich daselbst am gefälligen Bustier dermaßen, dass eine eilige Hochzeit mit dieser ihm zur dringlichsten und rasch vollzogenen Notwendigkeit wurde.

Das Maul des Grönlandwals, aus dem die beschriebene, dienstvergessne Barte stammt, nimmt zusammen mit dem Kopf fast ein Drittel der Körperlänge ein. Um die schiere Größe der Kreatur zu unterstreichen, mag man sich an der Vorstellung berauschen, dass im Maul eines Grönlandwals bis zu sechzehn Iglus* Platz finden und dieser ein Alter von über 200 Jahren** erreichen kann.

* In der Berechnung wird vom Volumen typischer Iglus ausgegangen, wie sie Jäger der Inuit als Nacht- und Jagdquartiere errichteten. Tatsächlich würden aufgrund des Verlusts von Stauraum durch die charakteristische Halbkugelform wohl nicht mehr als fünf bis sechs Iglus im Maul eines Grönlandwals Platz haben.

** Kürzlich wurde in Alaska ein Grönlandwal erlegt, in dessen Haut eine Harpunenspitze aus dem 19. Jahrhundert stak.

Immer Freitag.

Jeden Freitag ein Kleinod, diesmal dem niedlichen Wort »erwägen« geschuldet, etwas Konvexes.

Denn längst auch fragen wir uns schon, ob sich mit einer Linse, geschliffen aus purem Eis, ein Feuer entfachen ließe.

Immer Freitag.

No. 44

**Jeden Freitag ein Kleinod, diesmal:
Eine Vorlage zur Verdeutlichung der
Verhältnisse.**

Vieles ist bereits andernorts besprochen oder verhandelt, manches mehrfach. So etwa die Frage, welchen Weg es einzuschlagen gilt und was dort vorzufinden wäre. Ersteres lässt sich leicht per Münzwurf entscheiden, wobei Kopf in der Regel Norden und Zahl bisweilen Süden bedeutet.

Nun aber sind dem Weg auch stets Inseln vorgelagert, deren Gestalt und Ausmaß sich von weitem schwer abschätzen lässt. Dazu folgender Trick: Ausgestreckten Armes bediene man sich grundlegender mathematischer Kenntnisse, etwa jener von Pi*, primitiver anatomischer Voraussetzungen, etwa jener des Daumens, sowie einer ausgeprägten Phantasie. Diese in ein naturgegebenes Verhältnis gesetzt und auf das zu Untersuchende gelegt ermöglicht bereits wesentliche Erkenntnisse. Bedeckt der Fingernagel die (optische) Größe der Insel, so handelt es sich um Grönland. Dies gewiss unter der Einschränkung, dass man nach Norden unterwegs ist und freie Sicht auf den Nordpol hat. Ist das erklärte Ziel in der südlichen Hemisphäre zu finden, so wird es Afrika sein, oder zumindest ein Teil davon. Australien ist zu weit abseits und Neuseeland gänzlich vom Kontinent

* Vgl. dazu jene alte Schnure, in der Gott die Banane krümmt und schmunzelnd meint: »Das wird die Deppen eine Zeit lang beschäftigen.« Damals war Pi noch eine runde 3.

down under verdeckt – sie kommen für diese Untersuchung also kaum in Frage.

Ist die Richtung erkannt und der Weg eingeschlagen, gilt es noch zwei weitere Fragen zu klären. Erstens: Ist das gewählte Kleid standesgemäß (oder mag es für den Anlass lieber eine Hose sein)? Und zweitens: Führt der Weg durch unwegsames Gelände? Dann nämlich versorge man sich reichlich mit Proviant und einem Taschenmesser, denn aufragendes Terrain will erobert sein, und eine Pause eingelegt. (Wird diese Vorbereitung verabsäumt, so wird man sich vor dem Horizont knurrenden Magens in einer leeren Hosentasche kramend wiederfinden!)

Die Frage nach Kleid oder Hose kann durchaus unbeantwortet bleiben, nur möchten sich Reisende episodisch um Zustimmung** bemühen.

** Die Zustimmung: Sie klettert zumeist langsam von den Bäumen, während sich die Ablehnung widerwillig ins Unterholz verkriecht.

Immer Freitag.

No. 45

Jeden Freitag ein Kleinod, diesmal: Eroberungen.

So manch einer mag sich fragen, ob denn nun das Weib als solches mit einer zu erobernden Festung zu vergleichen sei?

Gewiss, sage ich da, das möchte wohl die Sache recht gut beschreiben. Doch möge man in der Wortwahl hier besonders achtsam sein: Ein Weib lässt sich kein unbescholtenes Mädchen heute mehr heißen. Und auch die Festung ist für dieses reizvolle Thema schon lange nicht mehr die rechte Behausung. Wollen wir hier also – mit Bedacht – von einem wehrhaften Kloster sprechen? Denn beides, das Kloster und die Wehrhaftigkeit, müssen die moderne Frau weder verärgern noch beschämen.

Wann wir aber nun zum Kern der Sache uns endlich begeben möchten?

Hoppla, sage ich da, jetzt aber aufgepasst: Wir sind schon mittendrin! Denn wer sich nicht die Muße nimmt, das zu Erobernde zu betrachten, es zu benennen, zu studieren, sich auf die Feinheiten der Erscheinung einzulassen und sich bloß stumpfen Sinnes und mit Gewalt gegen die Tore zum Glück wirft, wird sich mit einer tüchtigen Beule und geschlagen bald zurückziehen müssen vom Schlachtfeld der Begehrlichkeiten.

Welche Taktik denn also nun anzuwenden sei?

Taktik, meine ich, ist hier das völlig Falsche. Und doch das einzig Richtige. Es ist dies eine Angelegenheit, die keineswegs versachlicht werden darf. Gefühlvoll und nicht nur mit dem Rechenschieber muss hier vorgegangen werden. Doch darf freilich auch der rechte Plan nicht fehlen. Das Ziel aber ist klar: Die Mauern müssen fallen!

Folglich die Trompeten von Jericho?

Ein heikler Plan. Oft ist lautes Gebrüll nur dazu angetan, die Tore endgültig zu verschließen, den allgemeinen Widerstand zu festigen und die fällige Eroberung gänzlich ins Gewalttätige zu rücken!

Also eine Untertunnelung der Ringbauten?

Das scheint zu verhalten, zu sehr Schlange, zu sehr List! Ist der Tunnel erst entdeckt und wird die Tücke offenkundig, ist der Stollen der Annäherung schnell mit erbarmungslosem Tritt zum Einsturz gebracht. Und wer sich da aus dem Staube wühlt ist kein Eroberer mehr, sondern staubichter Bückling.

Wie wäre es dann mit einem vorgetäuschten Abzug, dem geschickt placierten Desinteresse, wenn's auch nur geheuchelt ist?

Das mag freilich reichlich hinlangen! Doch was, wenn's erwidert wird? Dann ist der Heimweg von den Gestaden der Liebe ein langer und schmerzerfüllter!

Muss man das Herz der Begehrten gar vergiften, ihre Seele umstricken, als würde man kranke Tiere über die Mauern ins Kloster schaffen, um Gesundheit und Widerstand der Mönche zu brechen?
    Die Antwort ist schnell zur Hand: Gift und Ränke sind die Waffen der Jämmerlinge! Da lieber auf offnem Felde an gebrochnem Herzen sterben!

Was aber ist denn nun der rechte Weg?
    Mein guter Freund, du frugst mich viel. Und muss ich heute auch noch weiter, kann nicht den ganzen Abend hier vertrödeln. So gehab dich wohl auf deinem Gang, mein Teurer. Adieu!*

---

* Wer sich abseits der schönen Frauen auch noch für Bücher interessiert, dem sei dieses hier ans Herz gelegt: »Die Festung« von Ismael Kadare

Immer Freitag.

Jeden Freitag ein Kleinod, diesmal: Charlie Parker.

Von Thomas »You-can't-sing-the-blues-while-drinking-milk« Wäckerle.

Warum hatte er nicht einen kleinen schwarzen Koffer dabei, der mittelgroß-kleinbauchige Mann? Den eckigen mit der Matrize, nicht für Reisen oder Umzug. Den hölzernen mit der Gussform, nicht für Picknick oder Radio. Den speckigen, tiefdruckenden, nicht für Raum oder Schrank. Bei Schlechtwetter spielte er sein Saxophon an dieser Ecke nicht, kein Unterstand. Spielte dann, wenn überhaupt, in der Metro. Nicht für die Wartenden, sondern für jene, die ausstiegen. Alle zehn Minuten die ersten zwölf von »All of me«, in der Gegenrichtung die ersten zwölf von »Autumn Leaves«; den münzenschluckenden, kontobezifferten, nicht für Akten oder Fingerhut, sowohl bei Fuß als auch im Auge.

Immer Freitag.

No. 47

Jeden Freitag ein Kleinod, diesmal:

Gravitation, die. Ein Trick der Natur, um uns bei Laune (und auf dem Boden) zu halten. Macht sich auf vielfältige Weise bemerkbar: waagrecht in Bienenhonigzentrifugen, senkrecht insbesondere beim Raketenstart, ein wenig von beidem auf Achterbahnen und in Sturzbächen. Wohlmeinend zumeist, aber auch neckisch*. Widersetzt sich schamlos dem Gesetz von Murphy, wonach stets alles danach trachtet, sich von der Butterseite abzuwenden.

* Bemerkbar daran, dass man bisweilen mit dem falschen Fuß aufsteht.

Weitere Merkmale: Gravitation lässt sich nicht einfrieren. Sie ist auch da, wenn man nicht hinsieht. Und auch kann man sie nicht bunt anmalen. Das unterscheidet sie wesentlich von Erbsen, Elefanten und Einmachgläsern, die wiederum eine ausgezeichnete Projektionsfläche darstellen für manch menschliche Unzulänglichkeit, namentlich Weltschmerz, Gewissensbiss und seelischen Kummer. Nachts drückt sie auf Kopf und Brustbein, tagsüber auf den großen Zehen. Wenn sie fortfliegt, dann leicht wie der Flügelschlag einer Libelle und meist in Richtung Norden, nach Island zum Beispiel oder Sibirien.

Immer Freitag.

No. 48

**Jeden Freitag ein Kleinod, diesmal:
Gut zu wissen!**

Oftmals kann die Kenntnis ums rechte Wort so manche Unbill rasch vertreiben. An dieser Stelle soll daher ein kleiner onomastischer Abriss inklusive Namensammlung* eines gewissen Herrn v. d. Leyen heiratswillige Müllerstöchter vor dem Zugriff eines unscheinbaren Männleins schützen:

»Der Name Rumpelstilzchen klingt possierlich und soll possierlich klingen. Er ist der lustige Gehalt des Schwankmärchens geworden, um seinetwillen wurde es erzählt. Im deutschen Sprachgebiet und in den germanischen Ländern ist wohl seine Heimat. Dann tritt es in Frankreich, Italien, im slawischen Raum, in Ungarn, bei den Litauern, sogar in Kamerun und Jamaica auf.

Im deutschen Märchen lautet der Name immer anders: Flederflit, Berlewit, Hans Oefeli, Chächeli, Zistel im Körbel, Purzinigele, Kugerl, Waldkügele, Hahnenkikerle, Winterkölbl, Kruzimugeli, Siperdintl, Springhunderl, Ziligackerl, Felixe, Kolerberabritschl, Grumplstiza, Hopfenhütel, Popennel, Friemel, Frumpenstiel, Hipche, Horle, Wip, Holzrührlein, Bonneführlein, Hoppentienchen, Rumpelsturm, usw.«

---

* Friedrich v. d. Leyen. In: Begegnungen. Band 7. Lesebuch für Gymnasien. Hg.: Harald Caspers, Prof. Dr. Dr. Gerhard Fricke, Dr. Karl Garnerus, Dr. Kurt Reiche, Dr. R. H. Tenbrock. Hermann Schroedel Verlag KG, Hannover 1969.

Immer Freitag.

Jeden Freitag ein Kleinod, diesmal:
Rhinitis acuta.

Seit dem Abend bei dir mit Verena habe ich das. Keineswegs menschlich oder in einer solchen Stimmung befindlich, sondern tatsächlich einfach »erkrankt« seiend.

Ich finde das geradezu lächerlich. Sowas gibt's doch gar nicht, einen Schnupfen, oder? Wer hat denn sowas noch? Das gibt's doch maximal noch als Zitat im Film oder in Büchern. Dabei das kuriose i-Tüpfelchen: Ich glaube mich durch Zugluft (! so fängt es an) verschnupft zu haben. Und ab morgen fürchte ich mich vor Mäusen und kriege keinen Nagel mehr gerade ins Brett gehauen. Oder was!?

Ja, meine Entrüstung ist dermaßen, dass – wenn ich noch länger drüber nachdenke – gleich ein Freitag daraus wird!

Immer Freitag.

No.
50

**Jeden Freitag ein Kleinod, diesmal:
Sportartenraten.**

Grafisch dargestellt Bewegungen und typische Geräusche während der Ausübung dreier Sportarten, zwei davon olympisch, die dritte vermutlich bayrisch.

Können Sie A, B und C richtig erraten?

A

BHHH...

B

KCHH—

C

ZINNG!

...GLEIT...

...RUTSCH...

...SCHWIRR...

...RUTSCH...

...GLEIT...

...SCHWIRR...

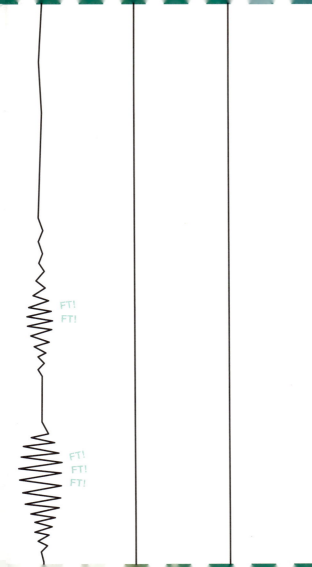

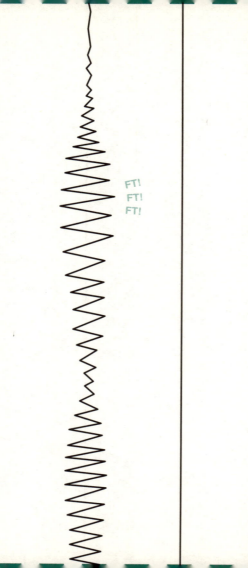

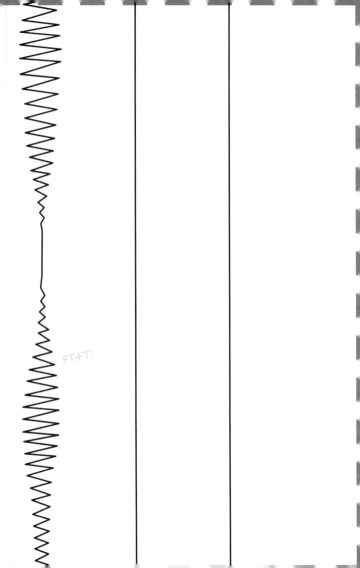

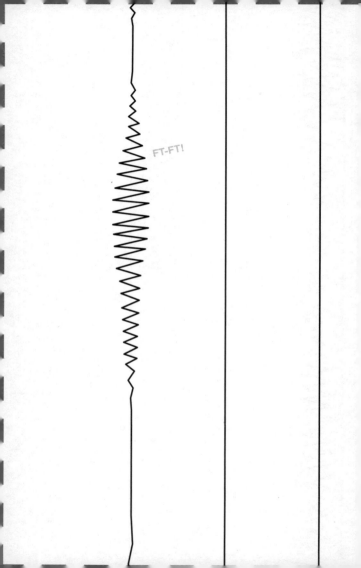

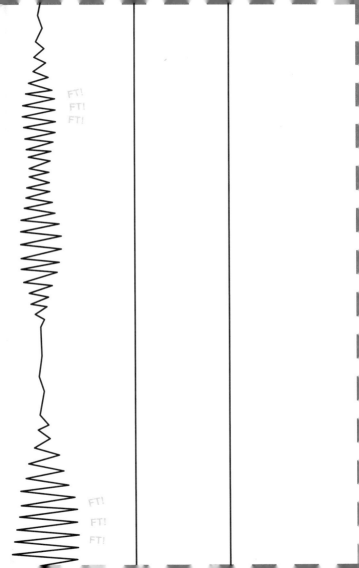

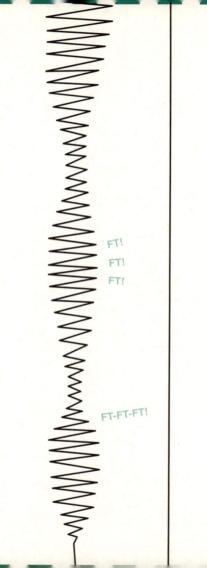

FLOCK!

ZINNG!

A: Curling
B: Stockschießen
C: Bogenschießen

Immer Freitag.

Jeden Freitag ein Kleinod, diesmal: Polysemantik.

Die Wege nach Rom sind's freilich sprichwörtlich. Das Gesicht von Oma Knesebeck aber ganz gewiss. Und die Vielfalt kann's mit Fug und Recht von sich behaupten.

Doch wer nun ist es wirklich: mannigfaltig?

Immer Freitag.

Jeden Freitag ein Kleinod, diesmal im Dienste der Allgemeinheit etwas in eigener Sache:

Fische wurden hier fabriziert, Berechnungen angestellt, ordentlich Tipps gegeben – das wird auch weiterhin so geschehen. Jedoch wird *ex cathedra* verkündet: Es ist Schluss mit dem Frontalunterricht!

Auf oft empfundenen Wunsch hin öffnet sich unsere Rubrik *Immer Freitag* nun Rat gebend dem Rat Suchenden: »Frag' den Freitag« ist das neue Kompetenzzentrum für Belange aus allen fachlichen Richtungen* und aller Herren Länder. Kundige beantworten darin in unregelmäßigen Abständen akkurat, ungetrübt und sachverständig an uns gesandte Anfragen.

Nichts Menschliches ist uns fremd, und die Redaktion ist sporenstreichs offen für Fragen, mögen sie auf der Hand liegen oder unter den Nägeln brennen. Derlei also stracks an fragdenfreitag@editionkrill.at zu adressieren!

* Bezüglich des Gebietes Metallurgie muss einstweilen eine Einschränkung gemacht werden, da sich hierfür noch keine entsprechende Fachkraft gefunden hat. Den fraglichen Bereich wird interimistisch der Experte für technische Chemie, Brennstoff- und Mineralöltechnologie mitbetreuen.

Immer Freitag.

Jeden Freitag ein Kleinod, diesmal Sinnesrichtungen.

Sonderbar, die ewige Lust der Insekten, in den sichren Tod der hellen Flamme zu steuern. Unwirklich auch, die Vorstellung von Jagdglück in den Weiten der Tundra. Ganz ungeheuerlich, dass die Trunksucht auch nach Jahren des aufrichtigen Versuchs so manch Trunksüchtigen schließlich doch nicht zufrieden lässt. Und unmöglich, sich an einem spät heraufziehenden Sommerabend zu kalmieren, wenn aller Saft tüchtig in Wallung und sämtliches Gedräht am Überhitzen ist.

Nicht undenkbar aber ist es nach Ansicht Herman Sörgels*, das Mittelmeer durch einen Staudamm teilweise trockenzulegen und so aus Europa und Afrika den Kontinent »Atlantropa« entstehen zu lassen.

* geboren am 2. April 1885 in Regensburg, gestorben an den Folgen eines Radunfalls am 25. Dezember 1952 in München

Immer Freitag.

No. 54

Jeden Freitag Firlefanz, diesmal ein Kleinod.

Bekanntlich gelangte 2007 das Wort »Kleinod« zu Ehren der Auszeichnung, eines der schönsten im Verschwinden begriffenen deutschen Wörter zu sein. Man möge es daher emsig verwenden, damit es nicht aussterbe.

Aussterben? Von wegen! Hat doch das Kleinod längst schon in einer anderen schönen Sprache eine zweite Heimat gefunden. Im Tschechischen nämlich taucht es als »klenot« für Kleinod, Juwel auf. Und mehr noch ist das Klenot dort nicht allein, man trifft auf eine ganze Sippe: »klenotnice« ist die Schatzkammer, »klenotnictví« ist der Juwelierberuf sowie das Juweliergeschäft, »klenotník« wiederum ist der Juwelier und Goldschmied.
    Könnten im Deutschen nun nicht analog Maßnahmen ergriffen werden, um vom Aussterben bedrohte Wörter zu retten – indem man diese weiter dekliniert und ihnen so eine breitere Überlebenschance bietet? Goldschmied? Nein, ich bin Kleinodiant. Meine Werkstatt ist das Kleinodion, mein Refugium die Kleinodera. – So als Gedankenschubs.

Apropos: Andere, bisweilen nicht minder schöne Wörter sind auch jene, die es nicht gibt, die es aber geben könnte. Und sollte. Mehr dazu nächste Woche.

Immer Freitag.

No. 55

Jeden Freitag ein Kleinod, diesmal Firlefanz.

Bereits der Philosoph und Wegelagerer Douglas Adams hat in seiner schönen Ausfransung »The Deeper Meaning of Liff« festgestellt, dass die Welt Dinge hat, für die sie keinen Namen kennt. Er schlägt deshalb vor, namenlosen Sachverhalten, Gefühlen und Gegenständen Ortsnamen zu geben. Schließlich sind Orte regionale Erscheinungen (und ihre Namen zumeist* auch), und also insgesamt gering vertreten im täglichen Sprachgebrauch. Zudem bedienen sie sich dem sprachlichen Einzugsgebiet (sie sind also für die jeweilige Bevölkerung unkompliziert auszusprechen**).

Das in der deutschen Übersetzung von Sven Böttcher unter dem Titel »Der tiefere Sinn des Labenz« erschienene Standardwerk betrachtet zu Benennendes von »aachen« (seinen Namen ändern, um eher dranzukommen) bis »zyfflich« (so zu bezeichnen etwa ein Wohnzimmer, das geschmack- und scheinbar wahllos mit Möbelstücken verschiedener Spezies und Stilrichtungen ausgestattet ist; Gelsenkirchener Barock vs. buntbezogene, schrill furnierte Möbel aus dem »Schöner-Jünger-Schneller-Wohnen-Möbelprospekt« zum Beispiel).

* vgl. Moscow (Idaho), Vienna (Texas, South Dakota, Virginia; insgesamt 14 Mal in den USA)

** vgl. Llanfairpwllgwyngyllgogerychwyrndrobwyllllantysiliogogogoch (Ort in Wales), oder: Taumatawhakatangihangakoauauotamateapokaiwhenuakitanatahu (Ort in Neuseeland), oder: Krung Thep Mahanakhon Amon Rattanakosin Mahinthara Ayuthaya Mahadilok Phop Noppharat Ratchathani Burirom Udomratchaniwet Mahasathan Amon Piman Awatan Sathit Sakkathattiya Witsanukam Prasit (Ort in Thailand)

Was aber, wenn man etwas etikettiert mit Wörtern, die so weit*** hergeholt nicht sind?

Wie steht's zum Beispiel mit »anschläfern«? Dazu der Experte: »Anschläfern ist das, was der Lehrbub tut, wenn er frühmorgens und noch nicht ganz ausgeschlafen vorne im gut beheizten Kleinbus zwischen Meister und Geselle sitzend einnickt, ja *um*nickt, und im Wechsel dauerhaft dränglich jeweils die Schultern der Berufsgenossen als Schlafstütze zu gebrauchen sucht. Ähnliches passiert bisweilen auch in Zug oder Flugzeug, dort hieße es aber anders.«

Aufgabe bis zum nächsten Mal ist es nun, sich ein Wort auszudenken für »dünngewetzter Hosenboden (aus Jeans oder Schnürlsamt)«. Wem das zu sehr in der Arbeitswelt verankert ist, kann alternativ dabei mithelfen, eine Bezeichnung für »trauriges Nagetiergesicht« oder »zusammenziehen des Bauchfells bei einer offenkundig gewordenen Missetat« zu finden. Einsendungen bitte an bureau@editionkrill.at. Belohnt wird mit enormem Gadaunern.

*** Alaska, Sibirien, Island, Grönland Färöer, Falkland, Bhutan, um nur einige zu nennen.

Immer Freitag.

No. 56

**Jeden Freitag ein Kleinod, diesmal:
Ein Fernschreiben.**

Verehrte Redaktion zu Wien!

Seit meinem Hiersein ist nahezu ein Monat verstrichen. Trotz der Freuden, die mir meine täglichen Studien bringen, vermisse ich schmerzlich den sonst so geschätzten Kontakt mit Ihnen, insbesondere die in Aussicht gestellte Konfrontation mit Fragen Ihrer werten Leserschaft.

Abseits der geistigen Nahrung erlauben Sie mir auch den Hinweis auf die ebenfalls prekäre Lage meines Proviantbestandes. Am schwersten trifft mich dabei die anhaltende Dunkelheit hier im hohen Norden, die meinen Vorrat an Kerzen, die für die Forschungsarbeit (wie Ihnen gewiss begreiflich sein wird) unerlässlich sind, bedenklich schrumpfen lässt.

Deshalb gestatten Sie mir an dieser Stelle eine Frage: Wäre es Ihnen möglich, mit dem nächsten Transport im Frühsommer durch ein Schiff einen großzügigen Vorrat an Stearin und Dochten kommen zu lassen? Dafür wäre ich Ihnen herzlich verbunden!

Abseits dessen bin ich frohen Mutes, meine Arbeit geht zügig voran. Das ist einesteils gewiss der fruchtbaren Ruhe hier geschuldet, fraglos aber auch der Vorfreude, einlangende Problemstellungen in situ beantworten zu können.

Grüßen Sie bitte auch meine Frau.

Ihr ergebener,
Prof. C. Marius Siebold

P.S.: Möchten Sie auch die Güte haben, mir mit dem Transport mehrere Dutzend Bleistifte zu senden?

Geschätzter Professor!

Halten Sie aus! Lassen Sie alles Weltliche getrost unsre Sorge sein und konzentrieren Sie sich ganz auf Ihre Wissenschaft. Wir sind zuversichtlich, dass wir gerade über die stille Weihnachtszeit ein verstärktes Interesse unsrer Leserschaft an den entlegenen Orten dieser Erde erwarten dürfen. Ist doch im Besonderen Franz-Joseph-Land seit seiner Entdeckung durch ihre Kollegen Payer und Weyprecht eng mit der österreichischen Geschichte verbunden. Und auch ihr Forschungsbereich »Endemische Krustenflechten« ist sicher ein Gebiet, das über kurz oder lang jeden interessierten Geist wird streifen müssen. Darum nochmals unser Aufruf an Sie, vorerst zu bleiben. Wir können Nachschub versprechen!

    Weiter telegraphieren wir gerne in Ihrem Namen Weihnachtsgrüße an Ihre Frau in Baden, die gewiss mit großem Stolz Ihrer trefflichen Person und Ihrer Verdienste für die Leserschaft unsrer Kolumne »Frag' den Freitag« gedenkt. Sie lässt Ihnen durch uns mitteilen, dass sie das diesjährige Neujahrsfest in Reichenau bei Ihrem Hauslehrer verbringen wird, da so die Kinder in bester Obhut sind und auch deren Studium über die Feiertage nicht zu kurz kommt, auf das Sie großen Wert legen.

Hochachtungsvoll und in Gedanken stets bei Ihnen,
die Redaktion

Immer mit der Ruhe.

Ein Knarren und Zischen, ein Flirren und Ächzen – Hochdruckrohre, die einer Mauerflucht folgen und an einer Stelle verschwinden, um an andrer unvermittelt wieder aus dem Backstein hervorzubrechen. Vorbei an enormen Schwungrädern, deren dicke, rot lackierte Speichen das Licht zerteilen, in immer größere Stücke. Auf Kugeln gelagerte Pleuelstangen und Schwingbögen drehen letzte Ehrenrunden, während das Leder der Treibriemen das wundersame Oberton-Oevre der Verlangsamung durchmisst. Der Maschinen Wärme bildet einen zarten Flaum aus Kondenströpfchen – auf Handläufen, in Dachfenstern, an der gusseisernen Dachverstrebung, die in Erwartung der kommenden Schneelast Buckel macht. Druckventile schießen ein letztes Mal Pfiffe der Erleichterung durch den Raum, während die Heizung bereits messing ihrem Schlaf entgegenklopft...

Es kehrt Ruhe ein in den Maschinenhallen der Edition Krill.

Und damit in die Produktion des hier* wöchentlich frisch erscheinenden Freitags. Denn nicht erst Papst Gregor hat im Jahre Schnee ein gutes Maß Kalendertage unter den Tisch fallen lassen – es scheint, als gäbe es hier über die Karolinger bis vor Christus zurück eine gewachsene Tradition[1]. Dieser wird auch die Edition Krill sich hingeben und in den nächsten Wochen keine Freitage ausliefern. Bis im neuen Jahr die Lichter die Krill'schen Maschinenhallen zappelnd zu neuem Leben erwecken und die Produktion erneut aufgenommen wird.

*siehe Impressum

Krill

---

[1] Papst Gregor XIII. ließ im Jahr 1582 auf den 4. Oktober den 15. Oktober folgen, um das Kalenderjahr an das astronomische Jahr anzugleichen. Bereits Julius Caesar musste ähnliche Maßnahmen ergreifen: Das »verworrene Jahr« 46 v. Chr. dauerte infolgedessen 445 Tage.

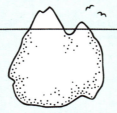

Appendices.

App. 1 **Ergänzungen** 117
App. 2 **Verzeichnisse** 129
App. 3 **Editoren** 137
App. 4 **Zukünftiges** 141

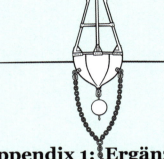

Appendix 1: Ergänzungen

**Die als solche manchen Kleinodien
zuträglich sein möchten.**

Hinweis zum richtigen Gebrauch!

*Siehe **Immer Freitag No. 3**: Famos Niesen! — Seite 18*

Bitte Vorsicht! Es kommt der Redaktion zu Ohren, dass das befreiende Nieserlebnis in gewissen Kreisen gern auch vermittels Schnupftabaks hervorgerufen wird. Das ist etwas unfein und resultiert obendrein noch aus einer falschen Anwendung des kostbaren Tabakpulvers. Der dadurch erzielte Effekt ist eine kombinierte heftige Reaktion (ähnlich dem Husten) des Nasen-, Rachen- und Halstraktes, um eingeatmete, kleinteilige Fremdstoffe aus dem sensiblen Bereich wieder abzustoßen. Er ist auf den Falschgebrauch von Tabakpulver zurückzuführen, wenn dieses zu heftig in die Nase aufgezogen wird. Bei besonders feinem Tabak kann es außerdem vorkommen, dass dieser direkt in den Rachen gelangt und dort ein sehr unangenehmes Brennen verursacht.

Genießen Sie Ihren Schnupftabak also in Maßen und in der dem *poudre de la reine*[1] entsprechenden Form!

---

[1] Die Bezeichnung geht zurück auf die französische Königin Katharina von Medici, die gepulverte Tabakblätter gegen Kopfschmerzen und Migräne einnahm und dadurch das Schnupfen hoffähig machte.

Ein erprobtes Hausmittel.

*Zu **Immer Freitag No. 12**: Somnambule Gewächse, die sich im Haupte breitgemacht in gravitätisch verzerrte Landschaften ergossen und den Blick täuschten, zumal sie die Idee von etwas anstießen, das es nicht zu fassen gibt; wonach es sich zu suchen lohnt. — Seite 34*

Wem die Geschöpfe einer Natur im Fieberwahn schon gehörigen Schrecken eingejagt haben und wer sich folglich selbst gegen eine solche Unpässlichkeit wappnen möchte, dem legt die Redaktion folgende Rezeptur ans Herz: den Essigstrumpf.

Zubereitung: Geben Sie einen halben Liter Wasser (etwa Zimmertemperatur) in eine Schüssel, gießen Sie $1/5$ Liter Apfelessig hinzu und vermischen beides miteinander.

Anwendung: Nehmen Sie ein Paar Baumwollkniestrümpfe, tauchen Sie diese in die Lösung, nehmen sie wieder heraus und wringen Sie die Strümpfe leicht aus. Nun werden die Strümpfe angezogen und zusätzlich beide Beine mit einer Wolldecke oder wollenen Tüchern gut umwickelt. Nach gut einer Stunde dürfen die Strümpfe wieder ausgezogen werden. Im Bedarfsfall kann die Behandlung zwei- bis dreimal am Tag wiederholt werden.

Ob der größere Schrecken aber nun im Wahn oder einer möglichen Heilung desselben liegt – diese Entscheidung kann die Redaktion leider niemandem abnehmen.

Ergänzungen

Wie eins zum andren kommt.

*Zu **Immer Freitag No. 20**: Diesmal betritt eine junge Dame das Geschäft. — Seite 44*

An dieser Stelle nun ist Raum und Zeit, die Begebenheiten etwas ausführlicher zu schildern, die letztlich dazu führten, dass eine junge Dame an einem bestimmten Tag ein bestimmtes Geschäft betrat.

Die Geschichte beginnt mit dem Stoßgebet des Pelzhändlers Eliah Shack, als dieser mit seinem Floß im Rappahannock kenterte und den Herrn um eine Sandbank anflehte. Im Gegenzug wollte er das Studium der Bibel zu seinem neuen Lebensinhalt machen. Gott ging auf den Handel ein, doch Eliah sah trotzdem nie eine Kirche von innen: Die wasserblauen Augen einer mildtätigen Dorfschönheit, ihr Name war Meredith McGann, die sich im Hause ihres Vaters um den Gestrandeten kümmerte, strahlten mit dem heiligen Geist um die Wette – und obsiegten.

Die Dinge nahmen ihren natürlichen Lauf und wir stehen inzwischen im dritten Jahr des amerikanischen Unabhängigkeitskrieges, als sich der blutjunge Amos Shack bereit machte, am nächsten Morgen seine Männer gegen die Engländer ins Feld zu führen. Die im Lager grassierende Ruhr aber machte seiner heroischen Gesinnung einen Strich durch die Rechnung, und seine Kameraden mussten ohne ihn ihr Leben am Feld der Ehre lassen. Gut für Barnaby Shack, seinen Sohn, der sonst nie die Chance gehabt hätte, als Rudergänger der Mississippi-Queen den vom Vater geerbten Heldenmut unter Beweis zu stellen, als er in einer dunklen Nacht die junge Abigail Stanton davon abhielt, im Fluss ihrem Leben eine Ende zu setzen. Sie fand nicht nur neuen Lebensmut, sondern in ihrem Retter auch ihren zukünftigen Ehegatten. Dieser durchaus glücklichen Ehe aber entsprossen – wie man unter der Hand zu erzählen weiß – nicht nur rechtmäßige Kinder: Jane war zwar vom unmittelbaren Reichtum der Familie, den diese durch den Handel mit Baumwolle[1] erworben hatte, ausgeschlossen, genoss aber ausgezeichnete Bildung in Lesen, Schreiben und Rechnen durch den baptistischen Hauslehrer der Familie, Benjamin Querry. Er lehrte ihr aber auch manch andre Kunst, die sie in der Folge in den zwielichtigen Vierteln von New Orleans zu ihrem und ihres Kindes Wohl anwandte: das Kartenlegen. Dabei beging sie eines Tages den Fehler, einem stadtbekannten Mann nicht das Erhoffte, sondern das für sie Offensichtliche zu weissagen, worauf dieser sie im Zorn erwürgte. Ob es nun das beißende Gewissen war oder menschliche Größe, zu den Konsequenzen seiner Tat zu stehen – er nahm den Waisenjungen bei sich auf, gab ihn als seinen Neffen aus und ließ ihn auf den Namen Jeremy Moss taufen. Der junge Mann machte sich in der Folge als Kartenspieler in den Salons von Klondike einen Namen, die

---

[1] Es ist doch interessant, dass die Familie zwar mit dem Handel von Baumwolle reich wurde, Sklavenarbeit aber immer ablehnte. Ein Fall von vielen, der uns die gespaltene Situation der amerikanischen Gesellschaft in der zweiten Hälfte des 19. Jhdt. vor Augen führt.

er – einer natürlich Begabung und dem Zug der Goldschürfer nach Norden folgend – zu seiner Haupteinnahmequelle erkoren hatte. Er beendete sein Leben als siebenfacher Vater und – für diese stürmischen Zeiten und seine Profession als Glücksspieler höchst ungewöhnlich – in hohem Alter friedlich im Kreise seiner Familie. Wie es aber seinen ältesten Sohn Caleb wieder an die Ostküste Amerikas verschlug, ist bisher unklar. Wir wissen aber, dass er durchaus der Vater jener jungen Dame sein könnte[2], der augenblicklich unser Interesse gilt.

Doch wonach sucht diese junge Dame eigentlich in dem Laden? Nun, ihr Halbbruder, Robert J. Blighton, wurde im Sezessionskrieg vor Jahren zur Armee der Unionstruppen eingezogen und galt seitdem als verschollen. Am heutigen Tage, sieben Jahre nach Kriegsende, ist dieser Mann nach Hause zurückgekehrt. Sein einziger Wunsch: Blaubeerkuchen. Und die junge Dame – ihr Name ist Bessy Hargrove[3] – ist hierher gekommen, um das notwendige Sodapulver zu besorgen.

---

[2] Oder denken Sie etwa nicht, dass die Nacht, in der Caleb Moss und Emma Swift in einem Heuschober vor dem Regen Schutz suchten, Grund genug für diese Annahme ist?

[3] Ihr Enkel, Wallace Hartley, wird eines Tages Mitglied der berühmten Band (Violine) auf der Titanic sein.

Jetzt auch in Farbe.

Vergleiche **Immer Freitag No. 24**: *Metamorphose. — Seite 48*

Weil erst die Couleur einer Sache so richtig Schwung verleiht und monochromes Arbeiten rasch eintönig wird, möchten wir hier gerne eine anschauliche Schilderung der Schuppenzeichnung des Pfauenaugenbuntbarsches vulgo Roter Oskar nachliefern.

Die Färbung des Pfauenaugenbuntbarsches ist meist dunkelgrün bis grau, dazu wolkige Flecken und Binden, die von rötlich bis orange variieren. Der Pfauenaugenbuntbarsch ist auch durchaus in der Lage, über sein Äußeres zu kommunizieren, und kann je nach Stimmungslage seine Färbung sehr rasch verändern. In der oberen Basis der Schwanzflosse und oft auch in der Zeichnung der Rückenflosse befinden sich die orangefarben umrandeten, im Zentrum schwarzen Augenflecke. Es sind diese Flecke, denen er seinen Namen, Pfauenauge, verdankt.

Der Vollständigkeit halber wird darauf hingewiesen, dass sich die Redaktion für den Pfauenaugenbuntbarsch vor allem aufgrund seiner körperlichen Eigenschaften entschieden hat, weniger seiner Färbung wegen. Der größte Vorteil: Der Pfauenaugenbuntbarsch wird maximal 33 cm lang. Im Gegensatz zum Igelfisch, der es auf bis zu einem Meter bringen kann. Das ist ein wesentlicher Zusatznutzen für Süßwasser-Aquaristen: Diese, beziehungsweise deren Fische, werden mit dem von der Redaktion empfohlenen 500-Liter-Becken sehr gut ihr Auslangen finden. Für das Original müsste das Sechsfache eingeplant werden – eine unnötige Belastung des ohnehin meist knappen Budgets!

Da der Igelfisch als Endprodukt in seiner Zeichnung *per se* nicht sonderlich aufregend ist, hier noch ein Tipp: Überraschen Sie Ihre Besucher mit einer exquisiten Farbmischung und kunstvoller Ornamentik und scheuen Sie sich nicht, Ihr schöpferisches Potential voll auszuspielen. Das Staunen Ihrer Kollegen und Freunde wird Sie die Mühe rasch vergessen lassen.

Mit dem notwendigen Abstand.

*Siehe **Immer Freitag No. 27**: Sie selbst. — Seite 57*

Betrachtet man manche Angelegenheiten aus zu großer Nähe, kann das Bild von ihnen, können sie selbst unscharf werden und Details (beziehungsweise einzelne Aspekte einer Sichtweise) überdecken dann das große Ganze. Aus diesem Grund tritt die Redaktion noch einmal zurück und lässt einen Anderen zum fünften Tag der Woche, zur Frage des Freitags zu Wort kommen, der – wenn man den Quellen Glauben schenken darf – sich als einer der Ersten mit dieser Materie beschäftigt hat:

Dann sprach Gott: Das Wasser wimmle von lebendigen Wesen und Vögel sollen über dem Land am Himmelsgewölbe dahinfliegen.

Gott schuf alle Arten von großen Seetieren und anderen Lebewesen, von denen das Wasser wimmelt, und alle Arten von gefiederten Vögeln. Gott sah, dass es gut war.

Gott segnete sie und sprach: Seid fruchtbar und vermehrt euch und bevölkert das Wasser im Meer und die Vögel sollen sich auf dem Land vermehren.

Es wurde Abend und es wurde Morgen: fünfter Tag.

(Das Buch Genesis, 1)

Ergänzungen

Aktuelle Meldung aus der Forschung.

*Siehe **Immer Freitag No. 34**: Memento. — Seite 67*

Es ist schon einige Zeit vergangen, seit sich *Immer Freitag* mit einer Notiz beschäftigt hat, die unter dem Titel »Memento« in einer freitäglichen Aussendung behandelt wurde. Damals lag die Vermutung nahe, es würde sich um eine Erinnerung, eine Art Memo an den Autor und Schachspieler Iuri Abramowitsch Akobia handeln.

Kürzlich ließ ein Team aus Sprachwissenschaftlern und Kryptographen mit der Behauptung aufhorchen, den (von unten gezählt) siebenten Balken nun unzweifelhaft mit »...von der Flügelschraube...« übersetzt zu haben. Seither herrscht große Verwirrung in der Fachwelt und wilden Spekulationen über den gesamten Inhalt des Memos ist Tür und Tor geöffnet.

Diese Wendung traf auch die *Immer-Freitag*-Redaktion unvorbereitet; jetzt heißt es vorerst abwarten, Ruhe bewahren und nötigenfalls immer das Nichtwissen dem Halbwissen vorziehen.

Hier muss ungetrübte Klarheit herrschen.

Ad *Immer Freitag No. 43*: *Dem niedlichen Wort »erwägen« geschuldet, etwas Konvexes. — Seite 81*

Das nach wie vor innige Verhältnis zu den Naturwissenschaften pflegend soll hier die Auflösung zu der Frage gegeben werden, ob etwas Konvexes in Form einer Linse aus Eis ein Feuer entzünden könnte.

Die Antwort ist ja. Allerdings ist die Funktion an eine gewisse Rahmenbedingung gebunden, die über die alltäglichen Anforderungen an Eis hinausgehen, wie der mit Grundlagenforschung befasste Physiker Alexander Chenet der Redaktion erklärt: Das Eis muss völlig klar und hoch transparent sein. Schmutzpartikel oder Einschlüsse von Luftblasen – die oft beim Gefrierungsprozess auftreten – würden unerwünschte Brechungen in der Linse und somit eine Streuung des ausfallenden Lichts bedeuten. Die Hitze am Objekt geht verloren, die Temperatur im Inneren der Eislinse steigt und diese schmilzt, ohne den gewünschten Effekt erzielt zu haben.

Schön auch zu erfahren, dass sich schon vor mehr als 150 Jahren diese Frage auftat und der englische Forscher und Wissenschaftler William Scoresby sie praktisch beantwortete, als er während seiner Forschungen in der Arktis mit einer Linse, geschliffen aus purem Eis, nachweislich Holz entzündete, Blei schmolz und sich eine Seemannspfeife ansteckte.

Appendix 2: Verzeichnisse

**Von belebter und unbelebter
Natur, als da sind: Pflanzen, Tiere,
Menschen, Gegenstände.**

Pflanzen

Banane	82
Baum	78
Bohnen	56
Erbsen	56, 88
Gerste	55
Giftsumach	31
Mais	56
Pistazie	31

Tiere

Ameisenbär	34
Einhorn	34
Elefant	88, 142
Grönlandwal	79
Hamster	31
Hase	31
Haselmaus	6
Igelfisch	48, 124
Kaninchen	31
Karpfen	34
Krähe	139
Krill	79
Küchenschabe, Gemeine	61
Libelle	88
Maus	90
Meerschweinchen	31
Pfauenaugenbuntbarsch (Roter Oskar)	13, 48, 124

Pferd 31
Schabe 61
Schlange 85
Schrecke 61
Schwalbe 39
Schwalbenfisch (Abbildung) 39
Seemöwe (Möwe) 25
Tapir 34
Taube 139
Wal 12
Walfisch 15
Walross 25
Wiesel 59

Menschen

Adams, Douglas 108
Akobia, Iuri Abramowitsch 67, 127
Aquaristiker, die (Gesinnungsgruppe) 48
Aristoteles 12
Blighton, Robert J. 123
Böttcher, Sven 108
Braudel, Fernand 38
Caesar, Julius 113
Chenet, Alexander 128
Dame, junge 44
Gasmas, Roger 61
von Goethe, Johann Wolfgang 54
Gosch, Wolfgang (Fotografie) 138
Gregor XIII., Papst 113

Guggenberger, Virgil (Fotografie) 138
Handey, Jack 11
Hargrove, Bessy 123
Hartley, Wallace 123
von Humboldt, Alexander 39
Johannes XXII., Papst. 45
Kadare, Ismael 86
Kafka, Franz 54
Kitow, Georgi 42
Knesebeck, Oma 104
von der Leyen, Friedrich 89
McGann, Meredith 121
von Medici, Katharina. 119
Moss, Caleb 123
Moss, Jeremy 122
Müllerstöchter, heiratswillige 89
Murphy (Jr.), Edward Aloysius 88
Parker, Charlie. 87
von Payer, Julius 111
Piccard, Auguste 70, 73
Querry, Benjamin 122
Realisten, die (Gesinnungsgruppe) 35
Rilke, Rainer Maria 54
Rumpelstilzchen (et al.). 89
Scoresby, William 128
Shack, Amos 121
Shack, Barnaby 121
Shack, Eliah 121
Shack (ungeklärt), Jane 122
Siebold, Prof. Carl Marius 110

Silvester (Papst, 35. Nachfolger Petri) 24
Smetana, Christian 40
Sörgel, Hermann 106
Stanton, Abigail 122
Stresemann, Marie 79
Sullivan, Roy Cleveland 36
Swift, Emma 123
Uhlstein, Gräfin 79
Verena 90
Wäckerle, Thomas 87
Weyprecht, Carl 111
Zagler, Christian 66

Gegenstände

Aquarium 13, 49
Backstein 112
Bagger 27, 42
Bathyskaph 13, 70, 73
Baumwollkniestrumpf 120
Besteck 27
Bibel 121
Bienenhonigzentrifuge 88
Blechblasinstrument 26
Bleigewicht 50
Bleigussgebilde 26
Bleistift 110, 143
Bolzen 68
Brett 90
Buch 13, 86, 90, 143

Buchstabennudeln	13, 51
Büroklammer	64
Couchtisch	78
Dachfenster	112
Docht	110
Drehverschluss	70
Druckventil	112
Eimer (Abbildung)	75
Einmachglas	88
Eisenwinkel	68
Eisfigürchen	26
Eislinse (optisch)	128
Esslöffel	54
Felge	47
Fingerhut	87
Fliege (Kleidungsstück)	60
Flipperkugel	143
Flügelschraube	127
Flügeltür	78
Gartenschlauch (Abbildung)	75
Gürtel	59
Gussform	87
Harpunenspitze	80
Hintertür	67
Hochdruckrohr	112
Hose	59, 83
Hose, offene	21
Juwel	107
Karten (Spielkarten)	122
Kasten	69

Verzeichnisse

Kerze	110
Klappstuhl	68
Kleid	83
Knetmasse	70
Koffer	87
Konfetto (Abbildung)	62
Krug	36
Kugel	112
Kugelschreiberkappe	13, 70
Lackschuhe	27
Lederschuhe	59
Linse (optisch)	81, 128
Massageball	13, 49
Matrize	87
Melone	59
Messer	76
Nabe	47
Nagel	90
Panier (Kleidungsstück)	79
Papier, Stück	15
Parkbank	139
Plastikflasche	13, 70
Pleuelstange	112
Polster	78
Rad	47, 65
Radio	87
Rechenschieber	85
Registerkärtchen	13
Reifstrebe	79
Samen (Keimling)	64

Saxophon	87
Schlafstütze	109
Schnupftuch	19
Schrank, Wandschrank	78, 87
Schubkarre (Abbildung)	75
Schubraupe	42
Schüssel	70, 120
Schwingbogen	112
Schwungrad	112
Seemannspfeife	128
Siegel	42
Speiche	112
Stahlfeder	68
Stützrad	65
Tabakpulver	119
Taschenmesser	83
Teppich	27
Tisch	13
Topflappen (Abbildung)	77
Totenmaske, goldene	42
Treibriemen	112
Trompete	85
Türkenpfeife	59
Tweed-Sakko	59
Typosprach 3000 vh	66
Violine	123
Wasserhahn (Abbildung)	75
Wolldecke	120
Zahnstocher (Abbildung)	30
Zylinder (Kopfbedeckung)	59

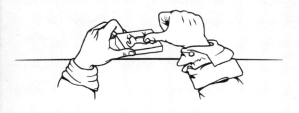

Appendix 3: Editoren

Es gibt derer zwei.

Wolfgang Gosch, Virgil Guggenberger

Im Spätsommer haben sich die Grünflächen des Parks wieder etwas geleert und die regelmäßigen Spaziergänger erobern ihre gewohnten Wege für sich zurück. Obschon sie noch in vollem Grün stehen, denkt das Auge bereits erste Rottönungen in das Blätterwerk der Bäume. Noch ist Sommer freilich, nicht Herbst, aber die Hitze ist zur Wärme geworden und der heiße Luftstrom zu einem angenehm kühlenden Wind. Am Fuße eines Baumes verwehrt sich eine Krähe gegen die Zudringlichkeiten einer Artgenossin, die auf Mundraub aus ist. Im Davonfliegen fällt ihr das Essen aus dem Schnabel, eine eifrig trippelnde Taube reckt geschwind den Hals und freut sich an der unverhofften Speisung. Von einer nahen Parkbank aus haben zwei Männer die Szene beobachtet: »Möchte das ein Freitag werden?«

Appendix 4: Zukünftiges

**In dem erklärt wird, wie es
kam, wie es war und was daraus
geworden sein wird.**

Zukünftiges

Ein Vorgriff auf Vergangenes und ein Blinzeln in die Zukunft.

Es kam, wie es zu erwarten war: Wo allwöchentlich Texte geschrieben, Behauptungen aufgestellt und Thesen placiert werden, musste man sich darauf gefasst machen, umgekehrt auch eines Tages Fragen beantworten zu müssen.

Folglich wurde *Immer Freitag* um die Rubrik »Frag' den Freitag« erweitert (siehe dazu *Immer Freitag No. 52: Im Dienste der Allgemeinheit etwas in eigener Sache*, Seite 105) und eine Redaktion von fachlich Kompetenten gegründet, die sich mit den Jahren um etliche Mitglieder verstärkt haben wird: Unter anderen eine Expertin in spinösen Fragen aus dem Bereich Botanik, einen hoch ambitionierten Usedomer Hobby-Ornithologen, einen ehemaligen Militärseelsorger mit Fachgebiet Ethik oder einen international erfahrenen Cafetier, der mit einer Liliputbahn sein Glück in Australien machte. Einen promovierten Dompteur sucht man in dieser Aufzählung allerdings noch vergebens.

Dessen ungeachtet wird unter Mithilfe dieser und weiterer Mitglieder eine Melange aus drängenden Fragen behandelt worden sein; zum Beispiel wird die Unterscheidung von Mensch und Tier geklärt, die Bedeutung der Vorsilbe *über* analysiert, tief in den Kopf eines Elefanten geblickt und sogar eine neue Spezies entdeckt.

Als ein Beispiel für die anregende und belebende Kommunikation mit den Beteiligten der Frag-den-Freitag-Wissenschaftsredaktion ist erstmals ein Briefwechsel mit Prof. C. Marius Siebold – ein Redaktionsmitglied der ersten Stunde – in diesem Buch abgedruckt (*Immer Freitag No. 56: Ein Fernschreiben*, Seite 110). Der Professor hat das angeforderte Stearin nebst Bleistiften natürlich umgehend erhalten.

Welche Gebiete *Immer Freitag* in Zukunft noch gestreift haben mag, ist bei Weitem nicht so vorhersehbar wie der Umstand, dass eines Tages geklärt werden muss, was es mit dem Hemdenbügeln auf sich hat. Also wird man sich in Geduld üben und auch ihre Schwester, die Hingabe, kennenlernen, Charakterstudien an Schnäbeln vornehmen, das Fehlen der Lücke über ihre Existenz nachweisen oder das Berufsbild der Flipperkugel neu rezipieren. Und als stille Beschäftigung am Feierabend bietet für einige vielleicht gerade das Eiswürfelwettschmelzen das richtige Quäntchen Spannung.